KB265767

THE
TOWER
OF BABEL
바벨의 탑
FANTASY FRONTIER SPIRIT
푸른 하늘 장편 소설

바벨의 탑 5

푸른 하늘 장편 소설

초판 1쇄 찍은 날 § 2013년 3월 22일
초판 1쇄 펴낸 날 § 2013년 3월 29일

지은이 § 푸른 하늘
펴낸이 § 서경석

편집부장 § 권태완
편집책임 § 박우진
디자인 § 이혜정

펴낸곳 § 도서출판 청어람
등록번호 § 제1081-1-89호
등록일자 § 1999. 5. 31
어람번호 § 제1-1575호

주소 § 경기도 부천시 원미구 심곡2동 163-2 서경B/D 3F (우) 420-822
전화 § 032-656-4452팩스 § 032-656-4453
http://www.chungeoram.com
E-mail § chungeorambook@daum.net

ⓒ 푸른 하늘, 2012

ISBN 978-89-251-3231-0 04810
ISBN 978-89-251-3114-6 (세트)

바벨의 탑
THE TOWER OF BABEL
FANTASY FRONTIER SPIRIT
푸른 하늘 장편 소설
5
드러나 버린 진훈

Contents

Chapter
01
아이린

저벅저벅.

진운의 걸음이 조금씩 앞으로 나가면서 통나무가 손을 뻗으면 닿을 거리까지 가까이 다가갔을 때,

"피 냄새?"

진운의 코를 자극하는 피 냄새가 가장 먼저 통나무에서 흘러나왔다.

혹시나 자신이 잘못 맡은 게 아닌가 하는 생각에 다시 맡아 보았다.

하지만 역시나 통나무에서는 흐릿하지만 피 냄새가 흘러

나오고 있었다.

"……."

잠깐 생각하던 진운은 곧장 허리에서 검을 뽑아 들면서,

"차앗!"

가볍게 발돋움을 하고는 통나무를 타고 날 듯이 나무 위로 올라섰다.

"역시……."

통나무가 쌓여 있는 곳 뒤쪽은 이미 바닥에 붉은색의 핏자국이 선명하게 남아 있었다.

그런데 어째서 핏자국이 통나무 뒤쪽에 남아 있을까?

뭔가 이상했다.

분명히 자신들을 막기 위해 만들어진 통나무라고 생각했었다.

하지만 이상한 점이 곳곳에 남아 있다.

의외의 상황에 잠시 생각하던·진운은 문득 머릿속에 떠오른 것이 있었으니,

"우리가 아니었군. 이미 뒤처리까지 끝난 다음이야."

생각의 관점을 조금 바꾸어보자 왜 통나무 뒤쪽의 땅이 피를 머금고 있고, 흐릿하지만 피비린내가 풍기는지 이해가 되었다.

한마디로 이 통나무들은 진운과 같이 움직이는 상행을 노

린 게 아니었다.

반대쪽에서 오던 녀석들을 노리고 만들어둔 것이다.

그리고 시체 처리까지 마친 상황으로 보아하니, 이미 상황은 끝나고 난 뒤인 것이다.

타타타탁!

진운이 통나무 위에서 가만히 있자 털보도 뭔가 이상하다는 것을 감지했다.

그가 빠른 걸음으로 다가와 올라왔다.

"왜 그러는가?"

털보의 물음에 진운은 손가락으로 붉은색이 선명하게 남아 있는 뒤쪽의 땅을 가리켰다.

"쳇, 재수없이."

털보도 대충 상황을 보고 눈치챈 것이다.

이건 그냥 재수가 없어 생긴 상황이다.

어떤 녀석들이 무슨 이유로 통나무까지 쌓아가면서 길을 막고 살인을 저질렀는지는 모른다.

하지만 시체만 치우고 통나무는 치우지 않고 그냥 가버린 것이다.

그러다 보니 길을 떡하니 막고 있는 통나무는 모두 진운 일행의 몫으로 남아버렸다.

"아, 신나게 싸워도 모자랄 판에 나무까지 치워야 하다니.

젠장."

 털보는 쓸데없이 힘 낭비를 해야 된다는 것이 못내 기분에 거슬리는지 투덜거렸으나 어쩔 수 없었다.

 통나무를 치우지 않으면 마차가 앞으로 나아갈 수 없으니 말이다.

 얼핏 생각하기엔 돌아가면 되지 않느냐고 생각할지 모르지만 그건 모르는 소리다.

 옆으로 돌아가자니 튀어나온 돌이 너무나 울퉁불퉁해서 도저히 마차가 지나갈 수가 없는 상황이기에 선택의 여지가 없었다.

 대륙의 마차는 짐을 실을 수 있는 관에 나무로 만든 바퀴만 달아서 사용하는 것이 대부분이다.

 현재 진운과 함께 움직이고 있는 상행의 마차도 그 형태에서 크게 벗어나질 못했다.

 짐의 무게가 바퀴에 그대로 전달하는 구조였는데, 그게 바로 문제였다.

 상행이다 보니 짐의 무게는 얼핏 따져도 1~2톤은 가뿐히 넘는다.

 그리고 그런 마차가 한두 대도 아니고 무려 다섯 대나 되는 상행이다.

 이 정도면 제법 큰 상행이라 할 수 있었다.

이곳의 문화 수준으로 보면 대충 5톤의 물품을 옮긴다면 결코 적은 액수가 아닐 테니 말이다.

그런데 마차에는 충격을 흡수해서 바퀴와, 바퀴를 지지해 주는 지지대를 보호해 줄 그 어떤 장치도 없었다.

그렇다 보니 상인들은 어쩔 수 없이 만들어진 관도 외에는 움직이지 않는 것을 당연하게 생각했다.

특히나 지금 이곳처럼 잘 닦인 길 외에는 돌이 많아 울퉁불퉁한 곳은 더욱 위험했다.

만약 통나무를 치우는 것이 귀찮아서 옆으로 돌아가다가 한 대의 마차라도 바퀴가 빠져 버린다면 상행 자체가 그 자리에서 멈춰 버릴 수밖에 없다.

지금 마차의 물품은 마차가 버틸 수 있는 한계까지 실은 상태이기에 짐을 옮길 수 있는 여유도 없는 편이었다.

쾅쾅쾅!!

"젠장, 도끼질도 오랜만이네."

용병들은 최소 인원만 빼고 모두 길을 막고 있는 통나무로 가서는 쉴 새 없이 통나무를 쪼갰다.

크기만도 사람 몸의 두세 배는 되어 보이는 통나무를 들어서 옮기는 건 바보 같은 짓이기에 다들 도끼로 쪼개고 있는 것이다.

그렇게 도끼질을 쉬지 않고 해 통나무를 모두 치우고 보니 이미 해가 뉘엿뉘엿 기울어 모습을 감추려는 시간이 되어 있었다.

"서둘러라!!"

생각 이상으로 통나무 때문에 시간을 지체한 것에 털보는 더욱더 재촉했다.

용병들은 지친 몸을 잠시 쉴 시간도 없이 빠르게 움직일 수밖에 없었다.

아무리 제국의 내부라고 하지만 정해진 야영지가 아닌 곳은 위험했다.

하룻밤을 보내기 위해서는 땅을 고르고 주변을 정리해야 하는 것이 더 큰일이었다.

그리고 그 일은 당연히 용병들이 해야 했기에 털보가 매정하게 작업을 더 재촉한 것이다.

용병들도 그러한 사정을 잘 알고 있으니 군말없이 따랐다.

확실히 용병들은 이런 일에 이골이 난 건지 아니면 몸에 익어서인지 해가 떨어져 어둠이 땅으로 내려앉을 때쯤에는 야영지에 도착할 수가 있었다.

"자, 준비해!"

털보는 자세한 지시를 내리지 않았다.

하지만 신기하게도 털보의 간단한 명령 하나에 용병들은

하나같이 일사불란하게 움직였다.

그들은 미리 약속이나 한 듯 자신이 맡은 일을 척척 행하기 시작했다.

상황이 이렇다 보니 이곳에서 유일하게 멍하니 서서 구경하는 사람은 진운과 레이나뿐이었다.

털썩!

―뭐해, 앉지 않고?

다른 사람들은 모두 바쁘게 각자 역할을 찾아 움직이고 있는데 레이나는 오히려 그런 게 당연하다는 듯 마차에 털썩 앉았다.

거기에 그치지 않고 진운에게 어서 앉으라고 재촉까지 했다.

"응? 우리도 뭘 해야 하지 않아?"

너무나 느긋한 레이나와 달리 진운은 뭔가 해야 할 것 같은 지금의 분위기에 쉽게 적응하지 못하고 있었다.

그런데 그런 진운을 보던 레이나는 피식 웃더니,

―이게 용병들의 규칙이야.

"응? 이게 규칙이라니, 도대체 무슨……?"

―강한 용병일수록 최대한 힘을 아껴야 하는 게 용병에게는 당연한 일이야.

진운은 레이나의 말을 듣고서야 어째서 털보와 다른 용병들이 자신과 레이나에게 아무런 말도 하지 않는지 이해가 되었다.

용병들은 목숨으로 돈을 버는 만큼 살아남는 것이 그 어떤 것보다 최우선과제였다.

그렇다 보니 의뢰를 실행하는 동안에는 가장 강한 용병, 즉 등급이 높은 용병들이 쓸데없는 일로 힘을 낭비하는 것을 애초에 다른 용병들이 자연스럽게 막아버리는 것이다.

쓸데없는 곳에 힘빼지 말고 아껴서 우리를 살려달라는 말이다.

어떻게 보면 군대와 비슷한 느낌도 든다.

하지만 계급과 명령으로 움직이는 군대와는 달리 용병들은 자신의 목숨이 걸린 일이기에 임하는 마음은 완전히 달랐다.

그리고 통나무가 길을 막고 있을 때 털보가 어째서 레이나와 진운을 가장 먼저 쳐다봤는지도 뒤늦게 알아챌 수가 있었다.

한마디로 혹시라도 모를 위험이 있을 경우 진운과 레이나가 가장 앞장서야 하는 것이다.

즉, 상행 동안엔 다른 용병들이 일체 간섭이나 터치를 하지 않는 대신, 낮에처럼 알 수 없는 위험이 생기면 무조건 가장 먼저 나서 해결해 주는 것이 용병들이 살아남는 길이기도 했다.

보통 가장 등급이 높은 용병이 리더를 맡기 때문에 실제로는 리더 바로 밑의 등급의 용병이 지금 진운과 레이나가 받는 대접을 받는다.

이곳에서는 털보가 리더이니 그의 규칙대로 움직이고 있었다.

그리고 또 다른 것이 있다면 고용인, 즉 상인과 대화를 하는 것은 오직 리더를 맡고 있는 털보뿐이라는 것도 조금은 특이했다.

―아, 그건 명령 체계가 뚜렷하지 않으면 위험이 닥쳤을 때 우왕좌왕하게 되는 경우가 대부분이니까 리더로 인정받은 용병만이 무조건 고용인과 모든 대화를 하여 조절하도록 되어 있어.

확실히 레이나의 말을 들어보면 틀린 말은 아니지만 진운은 입가에 미소만 지을 뿐이다.

대륙에서의 용병 생활이 상상과는 전혀 다른 행군의 연속일 뿐이었지만, 전투 이외에도 얻는 경험이 많았다.

지금까지 자신이 읽은 소설에서 나오던 것과 너무나 다른 현실을 직접 피부로 느끼게 되면서, 용병들은 그저 어중이떠중이로 돈에 미친놈들이라는 선입관이 많이 사라져 버렸으니 말이다.

용병들도 돈이 좋아서 용병 일을 하는 것이 아니라 오로지 먹고살기 위해서 하는 것이었다.

다만 할 줄 아는 게 칼질이고 태어나 배운 게 그것뿐이라 용병으로 일하고 있을 뿐이지 모두 자신의 목숨을 소중히 여기기는 마찬가지였다.

"사람 사는 게… 결국은 다 똑같은 거구나."

뭐랄까, 대륙과 지구는 너무나 다른 환경에 문명도 극과 극을 보는 듯하지만, 자세히 살펴보면 결국 사람 사는 것이 다 같다는 것을 진운은 느꼈다.

―후후훗, 방금 그 말, 늙어 죽기 직전의 영감이 하는 말 같은데?

레이나는 진운의 말에 슬쩍 장난을 걸었지만 진운은 그 말에 그저 웃을 뿐이다.

*　　　*　　　*

"누구지?"

불침번과 식사까지 마친 다음 분위기가 각자 알아서 취침하는 쪽으로 흐르기 시작할 무렵, 야영지에 사람의 발소리가 울렸다.

―응?

레이나도 진운의 말에 슬쩍 고개를 돌려 탐지 마법을 펼치더니,

―두 명인데… 한 명은 여자야. 그런데…….

탐지 마법으로 야영지를 향해 다가오는 두 사람이 있음을 알아챘다.

남자 쪽은 모르지만 여자 쪽은 낯익은 느낌에 레이나는 금방 그 정체를 알아챘다.

그녀가 놀란 얼굴로 진운을 돌아보았다.

"설마… 강제로 인연을 만드는 당돌한 성격일 줄이야. 나 참."

탐지 마법보다 더욱 정확하고 민감한 진운의 감각은 이미 레이나보다 먼저 야영지를 찾아오는 사람들이 누군지 포착하고 있었다.

―설마……?

야영지로 다가오고 있는 자들, 그들은 바로 아이린 제른과 그의 수행기사 본이었다.

그녀의 목숨을 구하기도 했고, 잠깐 동행도 했으며, 본은 조금 가르치기까지 했다.

하지만 진운은 그들과의 인연은 그뿐, 깊게 생각지 않았다.

그저 지나가는 인연 정도로 여겼다.

그러나 그들은 그렇게 생각지 않았는지 일부러 이곳까지 둘을 쫓아온 모양이라, 진운은 그들의 등장이 그리 반갑지만은 않았다.

"왔군."

진운이 나직하게 한마디 했다.

때마침 정확하게 야영지에 피워놓은 모닥불로 알아볼 수 있는 거리에서 그들이 멈췄다.

처척!! 척!

어둠 속에서 아이린과 본의 모습을 본 것은 진운뿐만이 아니었다.

외곽 쪽에서 경비를 서고 있던 용병 중 하나가 벌떡 일어서면서 허리의 검에 손을 가져갔다.

바로 옆에 있던 용병도 똑같이 벌떡 일어서더니 경계심이 가득한 눈으로 아이린과 본을 유심히 살펴보았다.

로브를 뒤집어쓰고 있긴 하지만 가녀린 아이린의 모습에 약간은 경계심을 푸는 듯했다.

"죄송하지만, 신분을 밝혀주시겠습니까? 지금 저희는 상단을 호위하는 중입니다."

용병이 다가온 본과 아이린에게 말하자,

"찾는 사람이 있어 잠시 실례를 할까 합니다. 그리고 이걸……."

본은 조용히 말끝을 흐리더니 걸치고 있는 로브의 한쪽을 살짝 걷으면서 용병에게 보여주었다.

"헛!!"

용병은 본의 가슴을 보고는 크게 놀라며 곧장 털보를 불렀다.

털보도 역시나 본의 가슴의 문양을 보고는 놀란 표정을 지었다.

이어 본이 털보의 귀에 몇 마디 속삭이자 곧장 털보 옆에 있던 용병 하나가 진운과 레이나의 곁으로 다가왔다.

"손님이다."

용병은 그 말 한마디만 하고는 그대로 등을 돌려 돌아가 버렸다.

어떻게 보면 좀 딱딱하고 삭막하다고 느낄 수 있겠지만 어쩔 수 없었다.

오늘 처음 만난 진운과 레이나에게 친절할 만큼 친분이 없었으니 말이다.

혹시라도 오는 동안 무슨 일이 생겨 도움이 되었다면 모르겠지만 그런 것도 없었으니 할 말만 하고 매정하게 돌아서 버리는 녀석의 행동을 탓할 수는 없었다.

진운도 사실 사람을 사귀는 데 그리 능숙한 편이 아닌지라 오히려 딱딱한 지금의 분위기가 더 편하기도 했다.

물론 아이린이 나타나기 전까지는 말이다.

"가봐야겠지?"

─아무래도 귀족의 영애가 직접 만나러 왔는데 무시하면 여러 가지로 귀찮아지니까.

레이나도 설마 자신들을 찾아왔을 것이라고는 전혀 생각지 못하고 있었기에 오히려 아이린이 찾아온 것에 놀라고 있었다.

하지만 진운은 얼굴에서부터 심드렁한 기분을 드러내고 있었다.

그에게 아이린은 그저 귀찮은 사람일 뿐이었다.

"다시 뵙네요."

진운을 본 아이린은 활짝 웃으면서 손까지 흔들면서 반가움을 표시했다.

반면 진운은 고개만 까딱거릴 뿐이다.

"여전하네요."

아이린은 오히려 진운의 그런 반응에 웃으면서 당연하다는 듯 말하며 레이나를 보았다.

"반가워요."

─네, 반가워요.

우연이라는 듯 웃으면서 친근하게 말하는 아이린의 모습에 레이나도 조금은 부담스러워하는 표정은 숨길 수가 없었다.

"의도가 뭐지?"

진운은 아이린의 웃는 모습에 용건을 먼저 듣고 싶다는 생각에 물었다.

"역시 진운은… 그럴 줄 알았지만요."

아이린이 앞뒤 다 자르고 본론만 말하라는 듯한 진운의 물음에 잠시 한숨을 쉬더니,

"진운과 전 친구죠?"

뭔가 의미심장한 듯한 말에 아이린의 눈동자를 가만히 바라보던 진운은 벌떡 일어서면서 말했다.

"거절한다."

"……!"

―……?

진운의 돌발 행동에 레이나는 영문을 몰라 했지만 아이린은 눈에 띄게 당황했다.

"제가 무슨 말을 하려고 하는지 들어보지도 않고 거절하는 건가요?"

"응!"

마치 아이린의 말을 듣지 않아도 뭔지 알고 있다는 듯한 진운의 단호한 한마디에 아이린은 믿을 수 없다는 듯,

"진운의 제대로 된 대답을 듣고 싶어요."

아이린이 진운의 얼굴을 똑바로 보면서 물었다.

진운은 심드렁한 표정으로 귀찮은 듯 도로 자리에 앉더니,

"권력 싸움에 난 관여하고 싶은 생각 없어. 특히나 집안싸움은 말이야."

"……."

아이린은 진운의 말을 듣고는 얼굴이 조금 붉어지는 듯하더니 한숨을 내쉬었다.

"어떻게 알았어요?"

"흔한 이야기니까. 백작 가문의 영애가 타국을 방문하고 돌아오는 길에 어쌔신으로부터 습격을 받는다. 보통 백작 가문 귀족 영애의 일정을 아는 사람은 가족 아니면 혈족이겠지? 그럼 가족이나 혈족 중 하나가 아이린의 암살을 의뢰했다는 말이겠지. 확실히 처리할 수 있도록 제법 많은 돈을 써서 말이야."

진운은 레이나로부터 검은 그림자의 의뢰금이 지구의 돈으로 환산하면 최소 억 단위라는 말을 들었다.

그것도 한 명에게 의뢰할 때 그 정도 돈이 들어가는 게 보통이라고 했는데, 아이린을 습격한 검은 그림자는 무려 세 명이었다.

한마디로 확실하게 아이린을 죽여야 했던 것이다.

사실 진운이 그 당시 나서지 않았다면 아이린은 확실히 죽은 목숨이긴 했다.

아무리 기사가 다섯 명이 있다고 하지만 상대가 검은 그림자였다.

보통 검은 그림자 한 명이 움직여도 의뢰 성공률이 거의 90%에 가까울 만큼 확실한데 그런 녀석들을 셋이나 고용했다는 것부터가 이미 아이린의 목숨은 위험하다고 볼 수 있으니 말이다.

그리고 사실 이미 진운은 아이린이 습격을 당했을 때부터 이미 집안끼리의 권력 싸움이라는 것을 눈치챈 상태였다.

판타지 소설에서 흔하게 나오는 게 바로 권력 싸움이니 말이다.

그런데 이야기를 들어보니 제른 백작가의 피를 이은 자손은 아이린이 유일하다고 한다.

그리고 대륙의 귀족 작위 승계는 만약 직계 혈족이 모두 죽는 경우 바로 다른 가족이 작위와 영지까지 모두 이어받는다고 했다.

그럼 아이린이 죽으면 제른 백작가의 귀족 칭호와 모든 권리가 다른 사람에게 넘어가는 것이다.

"정확해요."

아이린도 진운이 정곡을 찌르자 별다른 변명을 하지 않

았다.

진운 같은 성격의 사람에게 오히려 서투른 변명은 상황만 악화시킨다는 것을 잘 알고 있는 것이다.

"도와주세요."

진운이 모든 걸 알고 있다면 차라리 직접적으로 원하는 바를 말하는 것이 좋다고 판단한 아이린이 다시 말했지만.

"거절!"

일언지하에 거절해 버린 진운은 그대로 자리에서 일어섰다.

더 이상 이야기할 생각이 없다는 것을 몸으로 표현하고 있는 것이다. 아이린도 진운의 모습에서 협상의 여지조차 없다는 인상을 강하게 받았다.

하지만 그렇다고 포기하기에는 지금 아이린의 상황이 최악의 경우까지 치달았다는 것이 문제였다.

보다 못한 본이,

"아이린 아가씨는 태어난 순간부터 암살의 위험을 당하셨습니다. 그리고 이번에는 정말 어떻게 손쓰기 힘들 만큼 큰 위험이 아가씨에게 다가오고 있습니다. 최소한 사정만이라도 들어보고 거절하시는……."

한마디 했지만 오히려 돌아온 것은 진운의 싸늘한 눈빛이다.

주제도 안 되는 것이 왜 끼어드느냐는 듯한 차가운 눈빛이다.

"내가 왜 남의 집안일에 끼어들어야 하는 거지?"

"진운님은 마스터이십니다. 약자와 레이디를 보호해야 하는 게 기사의 도리가 아닙니까."

본은 기사의 도리를 끄집어내면서 열변을 토했지만 진운은 그런 본의 말에 오히려 입가에 썩은 미소를 지었다.

"기사? 도리? 웃기는군. 마스터라면 무조건 남을 도와야 하나? 그리고 내가 언제 기사라고 했지?"

대륙에서만큼은 럭비공처럼 어디로 튈지 모를 모난 성격을 가지고 있는 진운에게 기사도 운운하면서 억지를 쓰는 본의 행동은 불난 집에 기름을 붓는 격밖에 되지 않았다.

아이린도 진운의 반응에 본을 말리지 않은 것을 후회할 만큼 상황이 더욱 안 좋아졌다.

지금 아쉬운 쪽은 아이린이었고, 진운은 뭐 하나 아쉬울 게 없는 상황이었으니 말이다.

특히나 진운은 이렇게 찾아왔다는 것부터 그녀가 사람을 풀어 진운과 레이나를 찾아낸 것을 알고 있는 상황이기에 더욱 좋지 못했다.

"레이나, 가자."

진운이 더 이상 들어볼 필요도 없다는 듯 몸을 돌려 상단이

있는 쪽으로 걸어가자 레이나도 일어서면서,

─한 번의 만남을 인연으로 생각하지 않고 욕심을 부리다
니……. 제가 사람을 잘못 봤군요.

레이나마저 아이린을 향해 싸늘하게 한마디 하고 돌아서
버리자 아이린은 고개를 숙였다.

"…죄송합니다."

본은 그제야 자신이 어떤 실수를 했는지 깨달았지만 이미
엎어진 물이요, 배 떠난 항구였다.

꼬옥.

아이린은 고개를 숙인 채 잠시 숨을 고르는 듯하더니 치맛
자락을 강하게 움켜쥐고는 다시 고개를 들었다.

"본 경, 우린 이대로 상단의 뒤를 따르겠어요."

"아가씨, 그건… 위험합니다."

"저도 알아요, 위험하다는 건."

본의 말이 아니라도 아이린은 지금 자신이 얼마나 위험한
결정을 했는지 충분히 알고 있었다.

하지만 지금 상황에 다시 가문으로 돌아가는 것은 죽으러
가는 것과 마찬가지이기에 선택의 여지가 없기도 했다.

"본 경, 아버님께서 돌아가시자마자 그랜트 삼촌이 저택을
찾아온 것만 봐도 이미 계획하에 움직였다는 것을 알 수 있어
요."

"차라리 제가 목숨을 걸고 아가씨를 지키겠습니다. 아가씨께서 정식으로 작위 승계만 받는다면 더 이상 그랜트 자작도 아가씨에게 손을 대지 못할 것입니다."

본의 말도 어떻게 보면 맞는 말이긴 했지만 아이린은 그런 말에 마음이 움직일 만큼 어리지도 어리석지도 않았다.

오히려 지금 아이린은 본이 생각하는 것 이상으로 미래를 내다보고 있는 중이었다.

"본 경, 잊었나요? 전 여자예요. 아무리 제가 백작위를 이어받는다 해도 제가 누군가와 결혼한다면 남편에게 백작위가 넘어갈 수밖에 없어요. 그리고… 전 결코… 결혼하지 않아요."

입술을 질끈 깨물면서 눈물을 억지로 삼키는 아이린의 모습에 본은 입을 다물 수밖에 없었다.

아이린이 어째서 한 번밖에 만난 적이 없는 진운에게 이렇게까지 매달리는지 자신도 잘 알고 있으니 말이다.

사실 본의 말대로 백작위를 이어받아 황제의 승인이 떨어지면 표면적으로는 아이린이 백작이기에 그랜트 자작도 더 이상 아이린을 대놓고 노리지는 못할 것이다.

하지만 그랜트 자작은 그런 아이린의 예상을 애초에 막아 버리는 짓을 해놓은 상태였으니, 바로 아이린에게는 태어나기 전부터 이미 약혼자가 정해져 있는 것이다.

그것도 그랜트 자작의 입김이 직접적으로 닿는 귀족의 자식으로 말이다.

그러다 보니 사실상 아이린이 백작위 승계를 승인받아도 결혼하는 순간 그 백작위는 아이린이 아닌 아이린의 남편에게 넘어가게 된다.

상황이 이렇다 보니 아이린은 더 이상 물러날 곳도 숨을 곳도 없는 상황인 것이다.

사실 그녀도 설마 그랜트 자작이 이렇게 갑작스럽게 움직일 줄은 전혀 예상하지 못했다.

적어도 자신이 성인식을 마치는 18세가 되면 야망을 드러낼 것이라고 생각했다.

하지만 제른 백작이 노골적으로 백작위를 아이린에게 넘겨준다는 식으로 말하고 다녔고, 제국에 아이린의 미모와 총명함이 소문날수록 그랜트 자작은 조바심이 났다.

아이린이 유명해질수록 그랜트 자작이 일을 꾸미기에는 제약이 많을 수밖에 없으니 말이다.

그래서 애초에 아이린을 죽여 버리려고 했지만 번번이 그 기회가 빗나가 버렸다.

그러다 이번에 국경 수비를 위해 나가 있는 백작을 대신해서 타국으로 여행을 가야 할 일이 아이린에게 생겼고, 이때가 기회라고 여긴 그랜트 자작은 확실하게 아이린을 죽이기 위해 검은 그림자라는 어쌔신을 고용해서 일을 벌였다.

하지만 그것도 진운 때문에 완전히 어긋나 버린 것이다.

그런데 운명이 그랜트 자작의 편이었는지 제른 백작이 그만 국경에서 전사해 버렸다.

아이린에게는 마른하늘에 날벼락이고, 그랜트 자작에게는 다시없을 절호의 기회가 되었다.

백작 가문의 권력이라는 태풍의 눈이 움직이기 시작한 것이다.

그리고 아이린은 가문에 자신의 편에 서 있는 사람이 하나도 없다는 것을 그제야 깨닫게 되는 계기가 되기도 했다.

그렇게 힘겹게 아이린이 발버둥치는 와중에 뜻밖에도 진운의 소식이 들리자 아이린은 뒤도 돌아보지 않고 움직였다.

지금의 상황에 아이린은 물에 빠져 지푸라기라도 잡는 심정이었고, 진운 외에는 자신을 도와줄 사람이 없기 때문이기도 했다.

그런데 그런 진운이 뭐라 이야기를 꺼내기도 전에 단박에 거절하자 별수 없이 아이린은 가문보다 우선 자신이 살기 위해 진운의 뒤를 따르기로 결정한 것이다.

"본 경."

"네, 아가씨."

"…전 살아남겠어요. 살아남아서 복수를 할 겁니다. 지금은 비록 이렇지만……."

아이린의 커다란 눈망울에 눈물이 맺히는 것을 본 본은 고개를 숙였다.

지금 자신이 해줄 수 있는 게 없다는 것을 스스로가 잘 알고 있었다.

하다못해 자신이 마스터만 되었어도 지금 아이린의 사정은 180도 달라졌을 것이다.

그만큼 마스터는 존재 자체만으로도 엄청났다.

겨우 자작 정도가 작위를 노리고 흉계를 꾸미는 생각조차 하지 못하게 할 만큼 압도적인 힘을 가지고 있는 게 바로 마스터인 것이다.

그 점이 억울하고 또 억울했지만 지금의 본은 아이린의 목숨을 지키는 것도 버거운 그저 흔한 기사일 뿐이었다.

"본 경."

"네, 아가씨."

"지금 상단을 이끄는 이가 아는 사람이라고 했죠?"

"네. 그가 진운님의 행방을 저에게 알려주었습니다."

본의 말에 아이린은 잠시 생각하더니,

"그럼 아예 우리가 상단에 합류하죠."

"그건… 저희 사정을 잘 알고 있는 상단 측에서 거절할 가망성이 많습니다."

상단은 그 누구보다 돈의 흐름에 민감하다.

특히나 귀족들의 동향에는 거의 고성능 레이더만큼이나 민감하게 반응하는 게 바로 상단이다.

평민 천 명을 상대로 장사하는 것보다 귀족 한 명을 상대로 장사하는 게 몇 배나 이윤이 남는 것이 현재 대륙의 경제 구조였다.

당연히 아이린이 있는 제른 백작 가문의 동향을 잘 알고 있을 것이다.

그걸 알기에 본도 그렇게 우려했지만 아이린은,

"이기적일지 모르겠지만… 최대한 진운님과 가까이 있어야 해요."

아이린은 진운이 거절했지만 그렇다고 포기할 생각은 눈곱만큼도 없었다.

당장 자신의 목숨이 달린 일이니 예절이나 체면 따위는 저 멀리 던져 버리고 철저하게 자신의 이득을 위해서 움직이기로 한 것이다.

"알겠습니다."

본도 아이린의 말에 별수 없이 고개를 끄덕였다.

지금 자신들이 찬밥 더운밥 가릴 처지가 아니라는 것은 너무나 잘 알고 있었으니 말이다.

멀리서 로브를 감싸고 앉은 채 상단의 고용주와 털보를 만나는 본의 모습을 본 진운은 조용히 고개를 돌렸다.

―역시나 현명하다고 생각했는데 말이야.

레이나도 진운만큼은 아니지만 엘프 특유의 밝은 귀로 고용주와 털보, 본이 나누는 이야기를 듣고는 한심하다는 듯 한마디 했다.

"자신의 이득에는 고귀한 자존심도 무너지는 것이 인간의 본성이니까."

진운은 그럴 줄 알았다는 듯 한마디 하고는 철저하게 무시했다.

―그렇긴 하지. 아이린 영애의 사정이 안타깝긴 하지만 우리와는 상관없으니까.

어떻게 보면 둘의 태도가 냉정하다고도 할 수 있다.

하지만 지금 아이린의 사정은 진운도 충분히 예상한 바이고, 레이나도 진흙탕 속에 굳이 발을 디딜 생각을 없기에 진운의 판단을 지지했다.

특히나 권력에 대한 인간의 욕심을 잘 아는 진운이나 레이나가 보기에 아이린의 지금 상황은 어느 한쪽이 완전히 무너지지 않는 한 결코 끝나지 않는 싸움이었다.

"도대체… 순진한 건지… 나 참."

진운은 결국 상단의 허락을 얻었는지 마차 쪽에 조용히 자리 잡고 앉는 아이린과 본의 모습을 보고는 한숨 섞인 푸념을 내뱉었지만 고개를 돌릴 뿐이다.

레이나도 진운을 따라 아이린에게서 시선을 돌렸다.

Chapter
02
마스터란

　아이린과 본의 합류로, 진운은 조만간 일이 터질 것이라 예상했다.

　그리고 그런 예상이 들어맞은 건 이틀도 지나지 않아서였다.

　"이럴 줄 알았다니까."

　진운은 한숨을 쉬면서 상행을 막아선 녀석들을 보고는 고개를 흔들었다.

　레이나도 어깨를 으쓱거리며 이미 알고 있었다는 듯 별다른 말을 하지 않았다.

그들과 마주한 아이린은 억울한 듯 입술을 강하게 깨물고 그들을 노려보고 있었다.

상대도 굳이 상단을 공격할 생각은 없는 듯 기사들이 둘러싼 채 별다른 행동을 하진 않았다.

"볼튼 경."

아이린은 자신과 마주하고 있는 기사가 누군지 이미 알고 있었다.

"자작님께서 많이 찾으셨습니다, 아이린 아가씨."

자신이 이 상단에 머물고 있는 것을 어떻게 알았는지 모르지만, 어제 겨우 상단에 합류하여 이제야 하루가 지났을 뿐이다.

그런데 그랜트 자작의 입김이 닿아 있는 백작가의 기사단이 아이린을 찾아온 것이다.

적어도 며칠 정도는 여유가 있을 것으로 생각했던 아이린은 자신이 그랜트 자작을 너무 쉽게 생각했다는 것을 깨달았지만 달리 방법이 없었다.

지금 아이린의 옆에 있는 본도 백작가의 기사이다.

그랜트 자작의 입김이 닿아 있긴 하지만 볼튼 또한 백작가의 기사이니 싸운다면 결국 집안싸움밖에 되지 않았다.

거기다 상단을 둘러싸고 있는 기사단의 모습을 보니 애초에 작정하고 온 듯했다.

　30명의 기사를 정확하게 여기로 보냈다는 것은 아이린의 행동을 모두 지켜보고 있었다는 말이 된다.

　"전 잠시 일이 있어서 이곳에 있는 것이니 그만 돌아가세요."

　아이린은 단호하게 볼튼에게 말했지만 그런 아이린의 말은 애초에 들을 생각이 없는지,

　"그랜트 자작님께서 걱정이 많으십니다."

　그렇게 말하고는 주먹 쥔 오른손을 들어 올리자,

　차차착, 차차착.

　볼튼 옆의 기사 두 명이 아이린의 곁으로 다가왔다.

　스르렁!!

　"감히 아가씨의 명령을 거부한단 말인가!!"

　본이 허리의 검을 뽑으면서 아이린의 앞을 막아섰다.

　하지만 볼튼은 오히려 그런 본을 보면서 화가 난 듯 큰소리쳤다.

　"본 경, 자네는 백작 가문의 기사가 아닌가? 어째서 아가씨께서 위험하게 호위도 없이 이렇게 밖으로 나가시는 것을 따라나선단 말인가? 그리고 왜 단장인 나에게 보고도 하지 않은 거지?"

　오히려 모든 책임을 본에게 떠넘기려는 듯 나무라는 볼튼이었다.

“치잇.”

사실 볼튼은 백작가에서 가장 실력이 좋은 기사였다.

그리고 현재 백작가의 기사단을 이끌고 있는 단장이기도 했다.

본래 기사단을 이끄는 단장은 따로 있었고, 전 단장이 바로 본의 스승이기도 했다.

하지만 백작과 함께 이번에 국경지대로 나갔다가 죽어버리자 부단장으로 있던 볼튼이 단장의 자리에 올라선 것이다.

그리고 그 과정에 그랜트 자작이 그가 단장이 될 수 있도록 많은 도움을 주었다.

사람 좋은 백작은 설마 동생이 이처럼 치밀하게 백작 가문의 사람들을 회유하고 있다는 것을 전혀 모르고 있었다.

백작이 갑자기 죽어버리는 바람에 그랜트 자작의 야망이 조금 빨라졌을 뿐이지 애초에 백작위는 그랜트 자작의 손에 떨어질 운명이기도 했다.

현재 아이린이 발버둥 치고는 있지만 그런 것쯤은 애초에 아무런 문제가 되지 않는다고 생각하고 있는 그랜트 자작이었고, 현재 아이린을 데리러 온 볼튼 또한 같은 생각이었다.

아무리 똑똑해 봐야 여자였다.

누군가와 결혼하면 남편에게 그 작위가 넘어가 버리는 제국법을 보면 아이린의 지금 행동은 모두 쓸데없는 발버둥에 불과한 것이다.

"아가씨를 모실 마차도 준비되어 있습니다."

볼튼이 손짓하자 조금 떨어진 곳에서 진운의 눈에도 익은 마차 한 대가 상단 쪽으로 다가왔다.

"마차에 오르시죠."

입가에 미소를 짓는 볼튼을 본 아이린은 결국 더 이상 무슨 말을 해도 소용이 없다는 것을 알고는 조용히 몸을 돌렸다.

그리고 몸을 돌리는 순간 진운과 눈이 마주쳤다.

"……."

말없이 진운을 바라보던 아이린이 치마를 살짝 손끝으로 잡고 들어 올리면서 고개를 숙였다. 귀족으로서 예를 다한 인사였다.

진운도 말없이 고개만 끄덕였다.

"어제의 무례는 사과드릴게요."

웃으면서 아이린은 마차에 올랐고, 마차의 고삐는 본이 잡았다.

그런 모습을 모두 지켜본 레이나가 진운을 슬쩍 바라보면서,

―이대로 보낼 거야?

레이나가 아는 진운의 성격은 청개구리 기질이 있어서 늘 상 누군가 누르면 누를수록 튀어 오르려는 반항심을 보였 다.

하지만 그렇다고 인연이 있는 사람의 어려움을 완전히 무 시할 만큼 매몰차지는 못했다.

냉정한 태도를 보이긴 했지만, 좀 전 아이린과 인사를 한 후 흔들리고 있는 진운의 눈동자를 그녀는 보았다.

"별수 없지."

진운이 앉아 있던 자리에서 일어서 마차를 향해 걸음을 옮 기려는데,

"주제를 안다면 다시 앉지그래."

기다렸다는 듯 볼튼이 진운의 앞을 막아섰다.

진운은 시선을 아래로 내려 볼튼을 바라봤다.

눈동자에 마나를 담은 듯 피부를 찌르는 듯한 살기가 느껴 졌다.

하지만 진운은 그런 볼튼에게서 시선을 돌려 무시했다.

스릉~

용병 주제에 감히 기사인 자신을 무시하는 진운의 태도 에 인상을 찡그린 볼튼이 허리에서 검을 반쯤 뽑아 보이면 서,

"말로 해서는 안 되는군."

잘 손질된 볼튼의 검날에 햇살이 반사되어 진운의 시야를 간질이자 진운은 지나치려던 것을 멈추고 다시 볼튼을 바라보았다.

전보다 조금 더 강해진 볼튼의 살기가 진운의 피부를 자극한다.

"아가씨가 맘에 드나? 크크큭."

볼튼은 아이린의 미모에 반해서 주제도 모르고 용병이 설친다고 생각하고 있는 것이다.

사실 이곳에 있는 이들 모두가 레이나 외에는 볼튼과 같은 생각을 가지고 있긴 했다.

제국에서 이미 소문난 미녀였고, 곧 성인식을 치르면 사교계를 휩쓸고 다닐 것이라고 소문이 자자한 아이린이었으니 말이다.

하지만 진운은 볼튼의 말에 눈썹을 찡그렸다.

"던져 주는 먹이에 익숙해져 버린 개가 짖는군."

아이린을 마치 장난감 취급하듯 하는 볼튼의 모습에 진운이 이죽대듯 한마디 했다.

처음에는 그게 무슨 뜻인지 모르는 듯 진운을 가만히 바라보던 볼튼은 뒤늦게야,

챙강!

허리에서 검을 뽑아 들었다.

"피를 봐야 정신을 차릴 놈이구나!"

검을 아직 뽑지 않은 진운과 이미 뽑아 든 기사와의 싸움은 누가 봐도 진운이 불리해 보였다.

사실 대륙의 기사들은 용병과는 그 수준과 실력이 하늘과 땅 차이이다.

레이나에게 듣기로 대륙의 기사 육성에 대한 방식이 조금 독특했다.

귀족들의 검과 방패이자 힘을 나타내는 기사라는 집단은 돈을 먹어치우는 괴물에 가까운 녀석들이었다.

하다못해 연습용으로 쓰는 검만 해도 웬만한 평민 한 달 생활비와 맞먹을 만큼 비쌌으니 말이다.

하지만 그건 시작에 불과했다.

먹고 하는 짓은 검 휘두르는 수련 외에는 없고, 그들이 사용하는 말과 갑옷 등등의 기타 소비도 무시할 수 없다.

한마디로 기사란 돈을 소비만 하지 동전 한 닢 버는 것이 없는 것이다.

그런데도 귀족들은 왜 기사를 그렇게 육성하려고 혈안이 되어 있는 걸까?

그 이유는 너무나 단순하다.

권력을 유지하고 가문을 지키는 것에 있어 기사를 빼고 생각할 수 없기 때문이다.

그렇게 귀족들의 모든 것을 대표하는 기사이기에 육성하는 방법도 진운이 알고 있는 것과 조금 달랐다.

판타지 소설에서 보는 것처럼 사람을 모집해 훈련시켜서 기사를 만든다거나, 특이한 수련법을 이용해서 기사를 공장에서 찍어내듯 만들어내는 것은 소설에서나 가능하지 실제로는 말도 안 되는 일이다.

특히나 기사란 귀족의 목숨을 맡기는 존재이다.

충성심이 그 무엇보다 가장 우선시되어야 하는 게 바로 기사인 것이다.

충성심이란 뭘 해준다고 금방 생기는 게 아니다.

오랜 시간 동안 귀족과 기사 간의 밀접한 관계가 이어지고 대를 이어서 봉사를 해야만 생기는 것이 바로 충성심이다.

그렇기에 조금은 효율적이진 않았지만, 대륙의 기사 육성은 오로지 기사가 들이는 시종을 훈련시켜서 기사로 만드는 방법이 유일했다.

기사가 마음에 드는 어린애를 골라서 그 애를 자신의 시종으로 삼아 그때부터 자신의 모든 것을 천천히 기초부터 확실하게 가르치기 시작한다.

대륙에서 기사가 되는 유일한 길은 바로 기사의 눈에 들어

그의 시종으로 들어가는 것뿐이라는 말이다.

지금 진운의 앞을 막아선 볼튼도 본과 마찬가지로 백작과 함께 죽은 전 기사단장의 시종으로 들어와 어릴 때부터 검을 잡아 지금의 자리에 올랐다.

볼튼이 데려온 기사단의 기사들도 볼튼이 직접 가르친 녀석들이 대부분이었다.

한마디로 아이린을 데리고 오기 위해, 볼튼은 최대한 자신의 능력을 그랜트 자작에게 보여주기 위해 일부러 기사단을 모두 끌고 온 것이다.

아무튼 기사란 한마디로 배운 거라고는 사람 죽이는 기술만 배운 녀석들이라는 말이다.

하지만 현재 진운의 신분은 용병이다.

용병이란 어쩔 수 없이 목숨을 담보로 돈을 버는 녀석들이 대부분이기에 검을 들고 있긴 하지만 실제로 검을 쓸 줄 안다고 말하기도 민망한 녀석들이 많았다.

어릴 때부터 체계적으로 사람 죽이는 기술을 배운 기사와 먹고살기 위해 검을 든 용병의 싸움, 이건 누가 봐도 진운이 죽는 건 기정사실이다.

"어쩌려고……."

털보는 아이린과 별 상관 없어 보이던 진운이 돌연 생각을 바꾼 것이 안타까웠지만 자신들이 어떻게 도와줄 수는 없었다.

아무리 용병 길드가 뒤에 있다고는 하지만 귀족과 엮여서 손해 보는 건 결국 용병들이었으니 말이다.

안타깝지만 그저 지켜보고만 있을 뿐이다. 자기 목숨은 자기가 지키는 게 용병들이었으니 말이다.

그런데 그런 안타까운 시선에도 불과하고 오히려 검을 뽑아 든 볼튼의 품으로 걸어 들어가는 진운이었다.

"죽으려고 환장했구나."

겁먹고 도망갈 줄 알았던 진운이 오히려 품으로 파고들려는 듯 다가오자 볼튼은 가소롭다는 듯 검을 높이 치켜들어 그대로 진운의 머리를 향해 내려쳤다.

팅~

"……!"

볼튼은 자신의 검이 건방진 진운의 머리를 수박 쪼개듯 쪼개 버릴 것을 의심하지 않았다.

놀랍게도 검이 머리에 닿기 직전 진운이 오른손을 조용히 들어 올렸다.

그리고 정확하게 내려치는 검의 옆면을 손가락으로 팅겨 궤도를 바꿔서 옆으로 비껴내 버린 것이다.

"이놈이!!"

진운이 검면을 때린 것을 느끼지 못한 볼튼은 겨우 용병의 손장난에 자신의 검이 빗나갔다는 것에 화가 났다.

그가 재차 검을 들어 올리려고 하는 순간,

"조금 뒤에 보자."

언제 다가왔는지 진운이 볼튼의 귓가에 작게 속삭이면서 그의 어깨에 손을 올렸다.

우뚝!

진운의 손이 어깨에 닿기만 했을 뿐인데 볼튼은 검을 들어 올리려는 모습 그대로 멈춰 버렸다.

그리고 유유히 볼튼의 옆을 지나 다시 마차를 향해 걸음을 옮기는 진운이었지만,

챙챙챙챙챙!!

볼튼이 데려온 기사단 전원이 진운을 둘러싸 버렸다.

"이런, 맨손인 사람한테 너무하는구만."

진운이 심드렁하게 투덜거리듯 한마디 했다.

그를 둘러싼 기사들의 눈에는 긴장감이 흐르고 있었다. 그들 중 가장 강한 볼튼이 진운과 마주하는 순간, 정체 모를 방법으로 굳어버린 것이다.

"네놈, 카르돈 녀석이구나!!"

"카르돈?"

진운이 처음 듣는 말에 고개를 갸웃거리자 진운과 마주하고 있던 기사가 콧방귀를 뀌면서,

"흥! 어디서 발뺌이냐! 감히… 카르돈 촌놈이 용병으로 위장해서 들어오다니!"

시답잖은 헛소리까지 하는 기사단 녀석을 보고 진운은,

"놀고들 있네."

하고 말했지만 이미 그런 진운의 말이 그들에게 통할 리가 없었다.

도대체 무슨 증거로 카르돈 제국에서 온 사람으로 생각하는지는 알 수 없다.

하지만 기사들에게서 느껴지는 살기가 확연히 달라졌다는 것을 느끼고 진운은 오히려 피식 웃었다.

"감히 아이린 아가씨와 접선하려 하다니 간덩이가 배 밖으로 튀어나온 녀석이구나!!"

당장에라도 덤빌 것 같던 녀석이 뜬금없이 아이린을 끌어들였다.

진운의 눈초리가 가늘게 변했다.

이내 그의 입가에 미소가 떠올랐다.

그가 카르돈 제국을 들먹인 의도를 어렵지 않게 알아챈 것이다.

"크크크큭, 아주 쇼를 하는구만, 쇼를 해. 겨우 열여섯 살짜리 여자애 하나 못 잡아먹어서 안달난 기사라니, 크크큭. 진짜 재미있는 곳이야, 여기는. 크크큭."

"이, 이놈이!!"

진운에게 카르돈 제국의 첩자라는 누명을 씌운 녀석은 진운이 단번에 눈치챘다는 것을 알고는 한 치도 망설이지 않았다.

그가 빠른 동작으로 진운의 품으로 맹렬하게 파고들었다.

혹시라도 진운이 여기서 한 마디라도 더 한다면 볼튼과 자신이 미리 짠 계획이 틀어질 수도 있었다.

원래는 아이린을 희생양으로 쓸 용병 하나를 데리고 와서 아이린이 적국인 카르돈 제국과 내통한다는 것을 빌미로 완전히 백작 가문을 집어삼킬 요량이었던 것이다.

하지만 볼튼이 갑자기 이렇게 되자 녀석은 자신과 함께 있는 스물아홉 명의 기사단원을 믿고 진운에게 그 혐의를 뒤집어씌워 버렸다.

모든 사실을 눈치챈 진운이 보기에는 참 치졸하면서도 더러운 짓거리지만, 그랜트 자작으로서는 이것보다 확실한 게 없었다.

아이린을 떳떳하게 죽이거나 내쫓을 수 있는 좋은 구실이었으니 말이다.

특히나 아르돈 제국과 카르돈 제국은 본래 하나의 제국이었다가 내전으로 갈라진 역사를 가지고 있었다.

본래 남과 싸우는 것보다 집안끼리 싸우는 게 더 치열하고 오래가는 법인지 아르돈 제국과 카르돈 제국은 서로 갈라선 뒤로 틈만 나면 서로 맞닿아 있는 국경에서 크고 작은 소모전이 끊이질 않는 사이였다.

특히나 아르돈 제국의 기사와 카르돈 제국의 기사는 견원지간이라고 해도 어색하지 않을 만큼 서로 얼굴만 마주해도 으르렁거렸다.

이런 현재의 상황 때문인지 진운을 카르돈 제국의 첩자로 뒤집어씌우자마자 기사들의 살기가 달라지는 건 당연한 일이었다.

거기다 진운을 잡아가면 확실한 증거까지 생긴 셈이었다.

함께한 상단 녀석들을 조금만 구슬리면, 진운이 카르돈 제국의 첩자가 되고, 아이린을 제국을 배신하고 카르돈에 나라를 팔아먹으려 한 대역죄인으로 만들기 너무나 좋은 상황인 것이다.

형의 백작 가문도 자기 것으로 하고 덤으로 배신자를 찾아 제국을 위험에서 구한 영웅까지 되는 일석이조를 노린 그랜트 자작의 계획은 알면 알수록 대단하다는 말밖에 나오지 않았다.

그런 와중에, 진운은 자신을 카르돈 제국의 첩자로 몰아가

면서 아이린과 연결시키는 순간 이미 그랜트 자작의 속셈을
모두 알아버렸다.

물론 그대로 끌려갈 생각도 없었다.

"하얍!!"

보기에도 20㎏이 넘어 보이는 갑옷을 입고서 움직인다고
생각지 않을 만큼 빠르게 진운의 품으로 파고든 녀석은 그대
로 검을 아래에서 위로 휘둘렀다.

그냥 힘으로 강하게 휘두르는 것 같지만 피하는 것까지 예
상해 허리를 향해 다가오는 검끝이 미묘하게 흔들리는 것이
보이자, 진운은 오히려 입가에 미소를 띠었다.

"기사다 이거군."

볼튼도 그랬지만 확실히 대륙의 기사들의 검술은 보기에
는 투박하고 단순했다.

직선적인 공격이 많은 편으로 정직하다고 해야 할까?

검이 날아오는 방향이 모두 눈에 훤히 보이는 것이다.

하지만 그건 겉으로 보기에 그런 것이고, 상대의 움직임까
지 대비해서 검끝이 흔들리는 것을 보면 확실히 지금까지 진
운이 상대한 녀석들과는 실력에서 확연한 차이를 보여주었
다.

하지만,

띵!

허리에 검이 거의 닿을 무렵 또다시 진운의 손이 움직였고,
허리를 향했던 검은 어느샌가 땅에 박혀 버렸다.

"말도 안 돼……!"

자신의 검이 빗나갔다는 것보다 녀석은 검의 옆면을 정확
하게 손가락으로 쳐서 궤도를 바꿔 버린 진운의 능력에 더욱
놀랐다.

대륙의 오래된 역사를 통틀어 날아오는 검의 옆면을 손가
락으로 팅겨 검을 비껴가게 했다는 말은 들어본 적도 없으니
말이다.

씨익~

솜씨에 놀라는 것도 잠시, 진운의 얼굴에 진한 미소가 그려
지는가 싶은 순간.

그것이 자신이 살아서 마지막으로 본 모습이 될 줄은 기사
도 몰랐다.

퍼걱!!

무언가 눈앞에 검은 것이 다가오는 것을 느꼈고, 한순간 땅
과 하늘이 반대로 보였다.

녀석의 눈에는 마치 세상이 뒤집어진 것처럼 보였던 것이
다.

'뭐지? 왜 세상이 뒤집어져 있지?'

뭐가 어떻게 된 것인지 영문을 몰라 하는 순간, 위로 보이

던 땅이 빠르게 자신의 얼굴로 다가왔고,

　털썩!!

　그제야 자신이 땅에 얼굴을 들이박았다는 것을 알게 되었다.

　그리고 땅 너머로 보이는 것에 그제야 왜 세상이 뒤집어져 보였는지 알 수 있었다.

　퍼걱!!

　빠각!

　진운의 주먹 한 방에 기사라는 것이 무색할 만큼 너무나 쉽게 목이 뒤로 꺾이면서 부러져 죽어가는 동료가 보인다.

　'나도 저렇게 죽는 건가.'

　마치 지금 이 순간이 꿈이라도 되는 양 흐릿하면서도 몽롱하게 느껴질 무렵, 죽어가는 동료 기사의 모습이 흐릿해지더니 곧 캄캄하게 아무것도 보이지 않았다.

　자신이 죽어간다는 것을 확실히 느꼈다.

　'이렇게 허무하게… 허무하게 죽을 수는……'

　사람이 죽으면 가장 먼저 시력을 잃지만 죽고 나서도 청력은 몇 분간 살아 있다고 한다.

　그 말을 증명하듯 녀석의 눈에는 어둠이 찾아왔지만 귀로는 아직도 동료들의 목 부러지는 소리가 끊임없이 들렸다.

‘전멸이다. 인간이 아닌 괴물이야, 저건.’

진운의 몸집이 오우거마냥 커다랗다면 지금의 상황이 이해가 된다.

하지만 주먹질 한 방에 목이 부러져 죽다니 있을 수가 없는 일이다.

그것도 자신들은 철이 들 무렵부터 손에서 검을 놓아본 적이 없는 기사이다.

허접한 용병 따위는 혼자서도 수십 명을 베어버릴 만큼 실력에 자부심이 강한 기사이다.

그런데 그런 상식이 완전히 부서져 버린 것이다.

그리고 그걸 깨닫는 순간이 자신이 죽는 순간일 줄은 더더욱 몰랐다.

털썩!

“끝이군.”

사후경직으로 몸을 떠는 녀석들이 대부분이었지만 목이 부러진 상태에서 살아날 기적은 일어나지 않는다는 것을 잘 알고 있다.

진운이 가볍게 손을 털고 고개를 들자 마침 마차에서 나온 아이린과 시선이 마주쳤다.

“……”

사실 아이린도 진운이 마스터라는 것은 알고 있었다.

하지만 실제로 진운의 실력을 본 것은 검은 그림자를 처리할 때뿐이다.

그것도 진운이 사라졌다 나타나는 순간 이미 상황은 끝나 있었기에, 기사인 본과 달리 아이린은 확실하게 마스터라는 것이 얼마나 강한지 직접적으로 느끼지 못하고 있었다.

하지만 오늘 왜 모든 기사가 마스터를 존경하는지 깨닫게 되었다.

"…강하군요."

아이린이 진심을 담아 말했다.

진운은 어깨를 으쓱거리면서 별것 아니라는 듯한 표정을 지어 보였지만, 아이린에게는 충격으로 다가왔다.

자신의 가문에서 훈련하면서 착실히 실력을 키워온 기사들이다.

볼튼은 물론이거니와 지금 자신을 데리러 온 기사들이 얼마나 강한지는 아이린이 가장 잘 알고 있었다.

오죽하면 고집 강한 아이린이 자기 발로 마차에 오를 생각을 했겠는가?

사실 아이린은 진운에게 도움을 청하러 오긴 했지만 볼튼이 기사단 전원을 끌고 오자 아무리 진운이라도 가망성이 없다고 생각했다.

물론 본도 그렇게 생각했다.

아이린이나 본의 경우 직접 마스터를 본 적도 없거니와 그런 마스터의 무력을 눈으로 본 적도 없으니 아무리 마스터라고 하지만 그 경지가 과연 어느 정도인지 실질적으로는 알지 못했다.

하지만 정식 기사단 스물아홉 명을 오직 주먹 하나로 전원 죽여 버린 진운의 무력을 본 아이린은 어째서 마스터를 향해 일인군단, 인간이 가진 무력의 정점에 도달한 존재라고 입에 침이 마르도록 칭송하는지 알 수가 있었다.

아이린을 데리러 온 기사들의 무력은 아르돈 제국에서도 수위를 다툴 만큼 굉장한 실력자들이다.

이곳에서 온 기사들이 백작가 최고 실력의 기사들은 아니다.

혹시나 일이 일어날 걸 대비해 최고 실력자들은 백작가에 두고, 그 밑 실력자를 볼튼과 함께 보냈다.

그렇다고 해도 두 번째 실력을 가진 이들이라는 소리였다.

실력 면에서는 의심할 여지가 없는데, 그 기사단을 전멸시키는 데 고작 1분 남짓밖에 걸리지 않았으니, 진운이 인간으로 보이지 않았다.

"아가씨."

마부석에서 내린 본이 아이린 옆에 서자 아이린은 진운의
무력에 잠깐 놀랐던 정신을 가다듬고는 천천히 걸어서 진운
의 곁으로 다가갔다.

"이걸 받으세요."

그 말과 함께 아이린은 목에 걸고 있던 목걸이에 매달린 커
다란 반지를 진운 앞에 내밀었다.

"……?"

진운이 아이린이 건넨 것이 뭔지 몰라 하는 표정이자,

"제 가문의 인장이에요."

"인장?"

"네. 이것이 있고 없음으로 진정한 귀족인지, 아니면 이름
뿐인 귀족인지 판단하는 기준이기도 하죠."

아이린의 말은 지금 이 인장이 그만큼 중요하다는 말이
다.

어쩌면 볼튼이 기사단을 이끌고 무리하게 온 것도 아이린
이 아니라 아마 인장 때문이었을 것이다.

"저 녀석의 목적이 이거였군."

진운이 가볍게 말하자 아이린이 고개를 끄덕이고는,

"이걸 부숴주세요."

일반적인 귀족이라면 자신의 목숨보다 더 귀중하게 여길
인장을 진운에게 넘겨준 것부터 이미 놀랄 일인데, 거기에

부숴 달라는 말에 아무리 진운이라도 놀라지 않을 수 없었다.

"지금부터 아르돈 제국에서 제른 백작 가문은 존재하지 않습니다."

흔들림없는 눈동자로 똑바로 보면서 말하는 아이린을 보던 진운은 도대체 이 아이가 과연 정말 열여섯 살짜리 여자애가 맞는지 의심부터 들었다.

지구에서 열여섯 살은 이제 중학생으로, 부모에게 떼를 쓰거나 자신이 하고 싶은 것을 하면서 자유롭게 살아가는 어린애에 불과하다.

하지만 지금 진운의 눈앞에 있는 아이린은 자신의 가문을 버린다는 말을 하면서도 추호도 흔들림이 없는 모습을 보였다.

이에 진운은 나직하게 한숨을 내쉬고는,

"후회하지 않겠나?"

인장을 부숴 버린다는 것은 귀족을 버린다는 말이고, 태어나면서부터 지금까지 귀족의 삶을 살아온 아이린에게 그건 죽음보다 더 무서운 일이었다.

하지만 진운의 말에도 아이린은 꿋꿋이 대답했다.

"배신자에게 가문을 넘기느니… 차라리 제 손으로 무너뜨리겠어요."

"……."

작은 입술에서 나온 말이라고는 생각하지 못할 만큼 다부진 말투에 진운은 결국 아이린이 건네는 인장을 받아 들었다.

그리고는 아이린의 머리에 손을 올렸다.

"진운님……."

진운의 행동에 본이 놀라서 뭐라고 한마디 하려다가 입을 다물었다.

인장을 넘긴 순간부터 아이린은 이제 귀족이 아니다.

그런데도 편안해 보이는 아이린의 표정 때문에 더 이상 말을 잇지 못한 것이다.

스윽스윽.

아이린의 머리를 부드럽게 쓰다듬어 주던 진운은 무릎을 꿇어 아이린과 눈높이를 맞추면서,

"강하구나."

순수하게 진운은 자신의 감정을 그대로 표현했다.

그런데 순간 아이린의 커다란 눈동자가 물기에 젖기 시작하더니 눈물 한 방울이 그녀의 눈을 떠났다.

뺨을 흐른 눈물이 턱 끝에서 잠시 멈췄다가 땅으로 떨어져 내렸다.

"어? 왜 이러지, 갑자기?"

아이린 스스로도 갑자기 왜 눈물이 나는지 알 수 없어 당황하면서 황급히 진운에게서 고개를 돌렸다.

눈물을 손수건으로 닦았지만, 어찌 된 일인지 한번 흐르기 시작한 눈물은 도무지 멈출 생각을 하지 않았다.

"왜 우는 거야? 왜? 흑흑……."

마치 눈물샘이 터진 듯 계속 흐르는 눈물을 주체 못한 아이린은,

털썩!

힘없이 땅바닥에 주저앉아 버렸다.

"아가씨!"

갑자기 울면서 주저앉는 아이린의 모습에 당황한 본이 급히 곁으로 다가가려 했지만,

덥석!

진운이 본의 어깨를 잡으면서 막아섰다.

"왜 막으시는 겁니까?"

본은 진운이 왜 울고 있는 아이린의 곁으로 가려는 자신을 막는지 이해하지 못했다.

자신은 그녀의 기사다. 어떤 경우라도 그녀의 눈물을 허락해서는 안 되었다.

그가 재차 눈빛으로 물었지만 진운은 말없이 고개만 저을 뿐이다.

그리고 본이 더 이상 아이린의 곁으로 가려 하지 않자,

"레이나."

나직이 레이나를 불렀고, 곁으로 온 레이나는 울고 있는 아이린을 데리고 마차 안으로 들어갔다.

그렇게 아이린이 마차 안으로 들어가서 더 이상 보이지 않자 본을 향해 고개를 돌리면서,

"여자의 눈물을 닦아줄 수 있는 남자는 오직… 그녀가 사랑하는 사람뿐이야."

라고 말하고는 몸을 돌려 버렸다.

"……"

그 말에 본은 주먹을 움켜쥐면서 뭔가 억울한 듯한 표정을 지었다.

하지만 곧 힘을 빼버리고는 한숨을 쉬고 말없이 아이린이 들어간 마차를 바라볼 뿐이다.

자신은 그녀를 위험에서 지키는 기사일 뿐이다.

그것도 아직은 그 힘이 부족한.

목숨을 버려서라도 아이린을 지키라면 지킬 자신은 있었다.

이 한 목숨, 무엇이 아까우랴.

하지만 진운이 했던 말처럼 눈물을 닦아줄 자격은 없었던 것이다.

그것이 억울한 것은 아니었다.

그러나 다만 그녀와 자신의 차이를 다시 한 번 맘에 새겼을
뿐이었다.

Chapter
03
인연이란

"이거 뭔지 알지?"

진운은 자신의 마나로 구속했던 볼튼의 몸을 풀어주었다.

아이린이 넘겨준 반지, 즉 가문의 인장을 볼튼 앞에 내밀자 볼튼의 눈빛이 순간 욕망으로 번뜩였다.

"역시 아이린이 아니라 이게 목적이었구만."

대충 예상했던 일이다.

백작의 딸이라지만 이제 열여섯 살의 여자애 하나를 위해서 기사단을 동원한다는 것은 누가 봐도 인력 낭비에 시간낭

비이니 말이다.

이들이 원한 것은 아이린이 아니라 아이린이 가지고 있는 가문의 인장이었던 것이다.

아이린이 가문의 인장을 가지고 도망가 버렸으니 기사단이 총출동한 것은 어쩌면 당연했다.

아이린의 말에 따르면 지금 이 인장을 가지고 진운이 마음만 먹는다면 백작 가문을 한 손에 쥐고 흔들 수도 있을 만큼 엄청난 위력을 가지고 있었다.

"그걸 왜 네놈이 가지고 있느냐!!"

눈앞에서 인장을 보자 좀 전에 자신이 어떤 꼴을 당했는지 깨끗하게 잊어버린 듯 진운을 노려보면서 볼튼이 큰소리를 쳤다.

진운은 그 말에 피식 웃더니,

"이렇게 하려고."

우지끈!!

"으악!!"

진운은 인장을 쥐고 있던 손에 힘을 주어 단번에 수십 조각으로 부숴 버렸다.

볼튼은 그 광경을 단 한 번도 상상해 본 적이 없었다.

볼튼이 눈을 크게 뜨고 비명을 내질렀다.

"이… 죽일 놈!"

따지고 보면 그랜트 자작이나 볼튼 둘 다 결국 최종 목적은 바로 진운이 부숴 버린 가문의 인장이었다.

그런데 그걸 눈앞에서 부숴 버리자 볼튼은 이성을 잃고 말았다.

"죽어라!!"

거의 제정신이 아닌 볼튼은 손에 쥐고 있던 검을 진운의 머리를 향해 내려쳤다.

보기에는 그냥 이성을 잃어버려 검을 내려치는 것으로 보일 테지만 진운의 눈에는 그런 상황에서도 볼튼의 검끝이 미묘하게 흔들리는 것을 보고는,

"배신자에게는 어울리지 않는 실력이었군."

라는 말과 함께 처음과 똑같이 손가락을 검을 옆으로 팅겨 냈다.

저벅.

단숨에 볼튼의 품으로 파고들었다.

진운이 한 것은 그저 한 걸음 내디딘 것뿐이지만, 그 한 동작에 볼튼은 진운에게 자신의 가슴을 완전히 내주고 말았다.

그걸 놓칠 진운이 아니었다.

펑!!

마치 가죽으로 만든 북을 때리는 듯한 소리가 들리면서 진

운의 주먹이 꽂힌 복부에 꽂혔다.

볼튼의 허리가 'ㄱ' 자로 꺾어지더니 발이 허공에 뜬 채로 뒤로 날아가 버렸다.

단 한 방.

지금까지 진운이 볼튼을 비롯해 기사단 전원을 상대할 때 사용한 것은 오직 주먹 한 방이다.

그나마 다르다고 한다면, 기사들은 고통을 느낄 시간도 없이 일격에 목이 부러져 죽어버린 것과 달리 볼튼은 지금 태어나서 한 번도 느껴본 적이 없는 고통을 느끼고 있는 중이라는 것이다.

"쿨럭쿨럭!! 캑캑캑!!"

마치 내장이 갈가리 찢어지는 듯한 고통과 함께, 주먹을 맞을 때 'ㄱ' 자로 꺾여 버린 허리를 펴 일어서는 것은커녕 바닥에 엎드린 채 바둥거리며 살아 있다는 것만 겨우 알 수 있는 상태이다.

"이런, 기사가 겨우 용병 주먹 한 방에 바닥을 기어서야 어디 체면이 서겠어?"

진운은 숨도 제대로 쉬지 못하고 있는 볼튼의 곁으로 다가가더니 이번에는 꺾인 등을 힘껏 내려쳤다.

퍼억!!

"끄악!!"

등을 때려서일까? 막혔던 숨통이 트인 듯 볼튼의 커다란 비명 소리가 들렸다.

미친 듯 발버둥을 치는데, 그 모습을 가만히 지켜보던 진운은 손에 들고 있던 부서진 인장 조각을 바닥에 내버렸다.

"이거 가지고 가서 말해. 이제 대륙에서 제른 백작 가문은 없어졌다고 말이야."

"쿨럭쿨럭! 감히… 네놈이… 그러고도 무사할 줄… 아느냐! 기필코 네놈을 찾아… 사지를 찢어버릴 것이다. 기필코……!"

고통스럽긴 하지만 복부를 맞아 멈췄던 숨통이 트이자 스스로 마나를 이용해서 빠르게 고통에서 벗어났다.

빠드득빠드득.

볼튼은 이를 갈면서 진운을 노려봤다.

마치 뇌리에 진운의 얼굴을 각인시키려는 듯 말이다.

하지만 그런 살기가 번뜩이는 볼튼의 눈빛을 마주한 진운은 피식 웃더니,

스르렁~

그동안 뽑지 않고 있던 검을 뽑아 들더니 볼튼을 지그시 내려다보았다.

움찔~!!

순간 이성을 잃어 진운을 향해 폭언을 내뱉었지만 손에 검

을 들고 있는 모습을 보자 빠르게 현실을 인식한 듯 어깨를 떠는 볼튼이었다.

"겁낼 거 없어. 넌 살아서 너의 새로운 주인한테 가야 하니까 말이야. 하지만 난 귀찮은 건 딱 질색이라서……."

확실히 지금 볼튼을 그냥 놔주기에는 뒤가 찜찜할 수밖에 없었다.

특히나 제국의 귀족이다.

아직 진운은 아이린을 위협하는 자가 누군지는 정확히 알지 못했다.

하지만 최소한 기사단을 가지고 있는 영주급의 귀족이라고 생각은 하고 있었다.

만약 그것이 사실이라면 권력에 눈이 멀어 가족까지 배신한 녀석들이 자신들을 그냥 놔둘 리도 없다고 여겼다.

절대로 복수는 꿈도 꾸지 못할 만큼의 무언가를 보여줘야 했다.

압도적인 무력.

복수라는 것은 꿈도 꾸지 못할 만큼의 무력을 보여줘야 포기하는 것이 귀족이라는 족속이다.

그들이 권력에 미친 인간들이라는 것을 알고 있는 진운이기에 일부러 볼튼만 살려둔 것이다.

시시한 기사들보다 그래도 기사단을 맡아 이끄는 위치에

있는 기사단 단장의 말이라면 그나마 말발이 먹혀들 테니 말이다.

"후웁."

자연스럽게 호흡법이 바뀐 진운은 활성화시킨 마나를 검에 집중했다.

그러자 진운의 싸구려 롱 소드에 마나 줄기가 피어올라 검 위에 또 다른 검이 만들어졌다.

"그, 그건⋯⋯!!"

씨익~

진운의 손에 들린 롱 소드에 환하게 빛나는 오러 블레이드를 본 볼튼은 입이 찢어질 만큼 턱이 벌어져 말을 잇지 못했다.

"오러 블레이드⋯⋯! 설마⋯ 마, 마스터⋯⋯!"

마스터라는 것을 증명하는 증거나 다름없는 오러 블레이드가 진운의 손에서 환하게 빛을 발하자 볼튼은 머릿속이 하얗게 변하는 충격을 받았다.

볼튼뿐만이 아니었다.

그동안 진운과 같이 움직이던 용병들도 더 이상 커질 수 없을 만큼 부릅뜬 눈으로 진운의 손에 들린 오러 블레이드를 보고는 단체로 멘붕이 온 상태다.

마스터라니?

대륙에 현재 알려진 마스터는 다섯 명이 전부였다.

그들 모두 국가에 속해 있는 상태이다.

마스터란 그 존재가 있다는 것만으로도 엄청난 전쟁 억지력을 가지고 있었다.

가장 알기 쉬운 예를 들면 샤프란 왕국과 위돈 왕국이 있다.

그곳은 아르돈 제국, 카르돈 제국과 국경을 두고 맞닿아 있는 왕국이었다.

현재 국경이 맞닿아 두 제국의 입김이 미치는 왕국이 대부분이었다.

그에 반해 두 왕국은 유일하게 제국과 국경이 맞닿아 있으면서도 제국의 입김이 전혀 닿지 않는 유일한 왕국들이었다.

현재 샤프란 왕국에는 마스터가 있다고 알려져 있었다.

위돈 왕국이 자신들보다 땅도 작고 인구도 적은 샤프란 왕국에 먼저 손을 내밀어 연합을 하자면서 고개를 숙이고 들어간 이유가 바로 마스터가 있기 때문이었다.

그리고 마스터가 있기 때문에 샤프란 왕국은 두 제국과 국경이 맞닿아 있으면서도 자유로운 곳이었다.

그만큼 마스터는 전략적 병기를 넘어서 전쟁 억지력까지 가지고 있는, 살아 있는 핵탄두나 마찬가지였다.

그런데 그런 마스터가 지금 볼튼 앞에 나타난 것이다.

용병 차림으로 말이다.

지금까지 검은색 머리카락을 가진 마스터가 출현했다는 소문은 들어본 적이 없다.

그 말은 새로운 마스터, 즉 대륙에 여섯 번째 마스터가 등장했다는 것과도 같은 말이다.

"마스터… 이십니까?"

볼튼의 눈빛에서 진운에 대한 적개심이 감쪽같이 사라져 있었다.

"이게 그렇게 대단한 건가?"

아직 마스터라는 존재가 대륙에서 얼마나 엄청난 것인지 잘 알지 못하는 진운은 오러 블레이드 한번 보여줬다고 볼튼이 한순간에 존경의 눈빛을 보내자 기가 막혔다.

"뭐, 어차피 귀찮은 건 잘라낼 생각이니……."

진운은 지금 자신이 얼마나 엄청난 짓을 하고 있는지조차 인식하지 못하고 있지만 이왕 오러 블레이드를 보여줬으니 뭔가를 해야만 했다.

남자가 검을 뽑았으면 무라도 잘라야 한다는 말이 있든 오러 블레이드를 만들어 보였으면 그 위력을 볼튼에게 보여줘야만 했다.

인간이란 너무나 간사해서 자기 맘대로, 자기들 편한 대로 생각하거나 기억을 왜곡시키는 경우도 있으니 말이다.

저벅저벅.

잠시 주변을 돌아보던 진운은 마침 길옆에 있는, 대략 3미터 높이의 마차를 서너 개 정도 합친 것 같은 커다란 바위 앞에 서더니,

"이거면 뭐, 되겠지?"

딱 봐도 시커먼 색에 햇빛을 받아 반짝이는 모습이 웬만한 바위보다 단단해 보였기에 과시용으로 적당했다.

휙~

단 한 번.

진운은 바위를 향해 마치 연습용 짚단을 베듯 가볍게 휘둘렀다.

그리고는 추후를 보지 않고 몸을 돌려 바위에서 멀어졌다.

그리고 진운이 다시 볼튼 앞으로 다가왔을 때,

끼끼, 쿠르르룽!!

콰!!

"……!!"

"말도 안 돼! 저 오스뮴 바위를 단번에 자르다니……!"

과시용으로 자른 바위가 대륙에서 가장 단단하기로 유명한 오스뮴이라는 바위라는 것을 알 리 없는 진운은 그냥 오러 블레이드에 놀라서 저러는가 보다 하고 그냥 속 편하게 생각

했다.

하지만 오스뮴은 대륙에서도 가공이 불가능한 광석으로 알려져 있었다.

다이아몬드보다 더 단단하며 밀도도 대단히 높다. 아직 가공법을 개발하지 못할 만도 하다.

이곳에 길을 만들 때도 어떻게 처리를 하지 못해 그냥 버려 둔 것인데, 그걸 진운이 깨끗하게 잘라 버린 것이다.

"귀찮게 하면……."

말하면서 진운이 눈짓으로 자신이 자른 오스뮴 바위를 가리키자 볼튼은 생각할 것도 없이 고개를 아래위로 크게 끄덕였다.

아무리 단순한 기사라도 이걸 보고 이해 못한다면 정말 바보이리라.

단숨에 이해한 볼튼의 어깨에 손을 올린 진운은 가볍게 두들겼다.

탁탁탁.

"그럼 가봐."

"넷!"

벌떡!!

방금 전까지 아프다고 난리치던 볼튼이라고는 믿을 수 없을 만큼 멀쩡하게 일어서더니 그 길로 뒤도 돌아보지 않고 말을 타고는 꽁무니가 빠져라 가버렸다.

"상황 끝."

후에 대륙이 들썩이면서 모든 왕국과 제국에 무소속 마스터가 나타났다는 파란이 일어나는 시작점이 된 오늘이지만, 정작 그 파란의 주인공인 진운은 나름 깔끔하게 일 처리를 했다고 스스로 만족하는 하루에 불과했다.

*　　　*　　　*

탁탁, 탁탁.

마른 나뭇가지가 타는 소리가 들렸지만 정작 모닥불에 모여 있는 사람들은 그 누구도 입 하나 뻥긋하지 않고 있는 요상한 상황이 벌어지고 있었다.

그뿐인가?

사람들의 시선이 모두 야영지 구석에 앉아 있는 한 명에게 집중되어 있다.

"귀찮네."

─그러게 누가 오스뮴 덩어리로 되어 있는 바위를 잘라 버리래? 나 참, 정말 한 번씩 사고를 쳐도 진운은 정말 대형으로 치는 것 같아.

부추긴 것은 레이나 본인이지만 정작 일을 크게 벌인 것은 바로 진운이었기에 레이나도 한숨을 쉬면서 투덜거렸다.

그녀에게도 딱히 사람들의 시선을 막을 방법이 없기는 마찬가지였다.

용병들이 살아가면서 과연 마스터를 직접 눈으로 보는 행운이 몇 번이나 있겠는가?

마스터가 어떻게 생겼는지 얼굴 한 번도 보지 못한 채 살아가는 사람이 대부분이다.

그런 상황에 진운이 보란 듯이 오러 블레이드를 만들어, 너무나 강해서 가공은커녕 그냥 방치해 둬야만 했던 오스뮴 바윗덩어리를 두부 썰 듯 썰어버렸으니 시선이 집중되는 건 당연했다.

그래서 별수 없이 레이나와 진운은 상행에서 빠지기로 했다.

사실 진운을 고용했던 상인도 용병으로 알고 고용했는데 알고 보니 기사단을 맨주먹으로 때려죽이는 마스터라는 것을 알고는 난감했는지, 진운이 빠진다는 말에 오히려 위약금도 필요 없다면서 쌍수를 들고 환영했다.

"마스터라는 게 그렇게 대단한 거였어?"

도대체 마스터라는 게 사람들의 시선을 단번에 사로잡을 만큼 대단한 것인지 전혀 이해를 못하는 진운은 용병들이 쳐다보던 시선을 생각하면 마치 동물원의 동물이 되어 있는 듯

한 느낌에 짜증이 났다.

지금은 그나마 상행에서 떨어져 나와 조금은 편해진 상태다.

—진운은 본인이 얼마나 대단한 힘을 가지고 있는지 자각이 좀 필요한 것 같아.

레이나마저도 진운이 이 정도로 자신이 이룩한 마스터라는 경지에 대해 모르고 있을 줄은 몰랐다.

사실 진운은 딱히 강해지겠다는 목표를 가지고 수련한 것도 아니고 무언가 이루겠다는 목표를 가지고 검을 잡은 것도 아니다.

오로지 살아남기 위해서 검을 잡은 것이다.

선택의 여지도 없었고, 자신이 마스터에 오르는 것 외에는 살아남을 방법이 없었기에 자신이 가진 힘이 강하다는 것은 스스로도 인정하고는 있었다.

하지만 마스터라는 힘을 가지고 있어도 딱히 무력 외에는 쓸 곳이 없는 지구에 살던 진운은 대륙에서 마스터의 존재가 얼마나 엄청난 파급력을 가지고 있는지 알 길이 없었다.

사실 진운이 읽은 판타지 소설에서는 마스터가 넘쳐나는 것이 대부분이었고, 기껏 해봐야 일인군단, 인간이 가진 무력의 끝이라는 말을 듣는 정도였다.

하지만 그래봐야 칼 들고 설치는 수준에서 크게 벗어나지 못하는 것에 별다른 감흥이 없었다.

지구에는 칼보다 직접적으로 더 강한 무력인 총이 있다. 평범한 인간도 총을 들면, 빈틈만 있으면 마스터를 죽일 수 있을지도 모른다.

그러니 마스터라고 해봤자 칼 든 좀 강한 인간이라는 정도의 개념이었다.

거기다 대륙에서 아직 살아본 적이 없는 진운으로서는 마스터가 가지는 정치적 파급력을 피부로 느낄 수도 없었다.

사실 레이나도 가르치는 것에 급급해서 대륙에서 마스터의 존재가 가지는 무력과 함께 상징적인 의미가 어느 정도인지 알려주지 않은 것을 뒤늦게 후회할 뿐이다.

"그보다 방금 한 말, 그게 무슨 말이야?"

진운은 차라리 이렇게 사람들 시선을 의식하느니 그냥 모른 체하기로 했고, 그 돌파구로 조금 전 레이나가 했던 말에 대해 다시 물었다.

―그게… 자세한 것은 직접 들어봐.

레이나도 아이린을 달래다가 들었던 말인지 진운 앞에 퉁퉁 부은 눈을 하고 앉아 있는 아이린에게 넘겨 버렸다.

"그러니까, 나를 만나러 오기 전에 이미 가문을 황실에 반납하고 왔다는 말이 도대체 무슨 뜻이지?"

진운은 뜻밖에도 애초에 자신을 찾아오기 전부터 제른 백작 가문을 황제에게 되돌려 주었다는 말을 쉽게 이해하지 못하고 있었다.

"들으신 대로예요. 지금쯤이면 제가 보낸 기사가 인장의 직인이 찍힌 작위 반납 서류를 가지고 황실을 찾아갔을 테니까요."

아이린의 말에 따르면, 제른 백작이 죽어버린 지금 아이린이 가문을 지킬 방법이 없었다.

아이린이 백작위를 넘겨받는다고 해도 제국법에 따라 결혼을 하게 되면 남편에게 작위가 넘어가게 되어 있다.

그렇기에 그랜트 자작에게 빼앗기거나 아니면 그랜트 자작의 입김이 닿아 있는 약혼자에게 작위를 스스로 넘겨주거나, 둘 중 하나일 수밖에 없다.

그 어느 것도 아이린이 가문을 지킬 수단이 되지 못했다.

아이린이 남자였다면 어떻게든 가문을 지킬 방법이 있었을 것이다.

하지만 여자로 태어났고 제른 백작이 아이린을 낳다가 죽은 정실부인 외에는 첩은커녕 다른 여자를 쳐다보지도 않았기에 아이린이 유일한 후계자가 되어버린 것이다.

물론 여자도 가문을 이을 수는 있지만 그건 결혼하지 않았을 때의 이야기다.

하지만 귀족으로 태어나 결혼을 하지 않는 것도 제국법에 걸렸다.

제국의 법률에 따르면 남자는 서른 살 전에, 여자는 스물다섯 살 전에 무조건 결혼을 해야만 하는 법률이 있었으니 말이다.

한마디로 아이린이 아무리 날고 기어도 지금의 상황에서 가문을 존속시킬 방법이 없었던 것이다.

그런 상황에 엎친 데 덮친 격으로 제른 백작까지 갑자기 전사해 버렸으니 상황은 더욱 급박하게 돌아갈 수밖에 없었다.

노골적으로 야욕을 드러내는 그랜트 자작이 대놓고 저택을 들락거리면서 하인은 기본이고 기사단까지 자신의 수중에 넣어버린 최악의 상황까지 온 마당에 아이린이 할 수 있는 일은 오직 하나뿐이었다.

"나 참, 기가 막히는군."

아이린의 말을 들은 진운은 기가 차면서도 한편으로는 정말 지금 자신의 눈앞에 있는 아이린이 열여섯 살짜리 여자애가 맞는지 의심이 들었다.

지구에선 잘난 맛에 사는 애들도 많다.

물론 똑똑하고 영리한 열여섯 살짜리 애들이 대륙에 비하면 지구에는 거의 넘쳐난다고 할 만큼 많은 편이다.

하지만 단언컨대 지금 아이린처럼 귀족이 자신의 가문을 버리면서까지 배신자에게 넘겨주지 않는 경우는 본 적이 없다.

이건 도저히 열여섯 살짜리 여자애가 생각할 수 있는 방법이 아닌 것이다.

오죽하면 그랜트 자작도 지금 아이린이 벌인 일을 알면 당장 머리띠 두르고 누워 버릴 것이다.

작위를 반납하다니, 귀족이 할 수 있는 생각을 한참이나 벗어나 있었다.

그 말인즉슨 앞으로는 귀족이 아닌 평민으로 살아가야 한다는 말이다.

간단하게 대기업의 자녀로 태어나 자라오던 열여섯 살 여자애가 남의 손에 기업이 넘어가게 생겼으니 그걸 통째로 나라에 기부해 버리고는 땡전 한 푼 없는 노숙자와 같은 생활을 하겠다고 하는 것과 같았다.

아니, 이미 실행했다고 한다.

배신자에게 가문을 넘겨주느니 차라리 자기 손으로 가문을 버린 것이다.

물론 제국이 워낙에 크다 보니 귀족도 많았고, 그런 귀족 가운데 작위를 반납하는 경우가 흔하진 않지만 없는 것도 아니었다.

하지만 모두 작위를 반납하면서 나라에서 보상금으로 나오는 돈이 목적이었다.

그런데 아이린은 그것조차 모두 무상으로 나라에 줘버린 것이다.

거기에 이야기를 듣던 진운은 다시 한 번 놀랐는데,

"그러니까 죽은 아버지의 유언이라고 하면서 반납했다고?"

"네. 그래야 그랜트 자작의 손길에서 완전히 가문을 떼어버릴 수 있으니까요."

당돌하게도 아이린은 작위 반납 서류를 작성하면서 저택은 물론 영지의 모든 것을 황제에게 되돌려 주면서 그 이유를 죽은 제른 백작의 유언이라고 한 것이다.

이 정도면 아무리 황제라도 아이린이 반납한 작위를 취소하는 것은 불가능했다.

죽은 백작의 유언이라는데 어느 황제가 그걸 무시하겠는가?

특히나 국경 지역에서 전투를 하다가 전사한 백작이다.

나라를 위해서 목숨을 버린 백작의 충정을 봐서라도 무조건 받아들일 수밖에 없는 것이다.

그런데 제른 백작은 그런 유언을 남긴 적이 없다는 게 지금

이 이야기의 핵심이기도 했다.

아이린은 혹시라도 그랜트 자작의 입김이 닿아 있는 다른 귀족들이 황제의 마음을 돌려 작위 반납을 취소할지도 모른다고 생각했다.

만약에 그런 일이 일어난다면 지금까지 자신이 한 모든 것은 물거품이 되고 말 것을 알기에 죽은 자신의 아버지까지 이용한 것이다.

그 사실에 진운은 놀라고 말았다.

물론 진운이 생각해도 자신이 아이린의 처지였다면 그랜트 자작에게 자신의 가문을 넘겨주는 것은 죽기보다 싫었을 것이다.

하지만 가문을 황제에게 반납하지는 않았을 것 같았다.

아니, 생각조자 하지 않았을 것이다.

세상에 어느 귀족이 작위를 버릴 생각을 한단 말인가.

그것도 귀족으로 태어나 자라온 입장에서라면 치사하고 더럽더라도 어떻게든지 귀족으로서의 삶을 살아가는 것을 선택하는 법이다.

그런데 아이린은 그런 것을 마치 헌신짝 버리듯 과감하게 버려 버렸다.

보통 용기가 아니고는 절대로 할 수 없는 일이었고, 진운도 그걸 느끼기에 지금 이렇게 놀라고 있는 것이다.

"도무지… 어린애라고는 생각할 수가 없네."

진운이 한숨과 함께 질렸다는 듯 아이린을 보면서 말하자,

"그까짓 가문은 제가 다시 일으켜 세우면 돼요. 하지만 빼앗기면 영원히 되찾을 수 없어요."

틀린 말은 아니다.

하지만 그렇다고 쉽게 납득이 가는 말도 아니었다.

레이나도 아이린을 쳐다보며 놀라고 있는 것을 보면 아이린 같은 귀족은 아마 대륙 역사상 있지도 않았고 앞으로도 없을 것이다.

스스로 작위와 가문을 버린 귀족이라니 말이다.

"그럼 이제 뭐할 건데?"

"……."

진운은 귀족을 버렸으니 이제 앞으로 뭐하며 살 생각인지 궁금해서 물어본 거지만 막상 질문을 받은 아이린은 고개를 숙여 버렸다.

"생각한 게 없나 보군."

혹시나 했던 진운은 고개 숙인 아이린의 모습에서 거기까지는 아직 생각하지 않았다는 것을 알았다.

그도 그럴 것이, 지금 아이린이 저지른 짓을 생각해 보면 아이린의 나이에 비해 너무나 벅찬 일이었다.

우선 작위를 반납하고 자신이 살아남는 것만 생각한 게 분명했다.

어쩌면 아이린이 진운을 찾아온 것도 진운에게 백작 가문을 되찾아 달라는 부탁을 하러 온 것이 아니라, 자신의 목숨을 지켜주기를 바라고 온 것일지도 모른다.

"죄송해요. 원래는 작위 반납이 성공할 때까지만 진운과 함께 있을 생각이었어요."

역시나 진운은 아이린의 말을 듣고 자신의 예상이 맞았다는 것에 다시 한숨을 내쉬더니 아이린 뒤에 서 있는 본을 슬쩍 쳐다보았다.

"넌 이제 어떻게 할 거지?"

아이린은 이제 귀족도 뭣도 아니니 기사인 본이 어떤 생각을 가지고 있는지 궁금해서 물어보았다.

질문을 받은 본은 일 초의 망설임도 없이,

"아가씨를 지킬 겁니다. 그랜트 자작의 성격을 생각하면 아가씨가 죽는 순간까지 그는 포기하지 않을 테니까요."

"하긴 그렇겠지."

진운이 생각해도 그랜트 자작이 이대로 순순히 물러날 것처럼 보이진 않았다.

승작에 목숨을 거는 것이 귀족이었고, 그랜트 자작은 가족을 배신하면서까지 자작에서 백작으로 승작하는 것에 모든 것을 걸었다.

아이린의 말을 들어보니 아이린이 태어나기 전부터 제른 백작가를 자신의 것으로 만들기 위해 움직였다고 했으니 말이다.

그만큼 끈질기게 노력했고, 드디어 손만 뻗으면 백작이라는 작위가 자신의 것이 되기 바로 직전까지 왔다.

하지만 그걸 아이린이 한순간에 공중분해시켜 버린 것이다.

이걸 그냥 넘길 귀족이 있을 리도 없고, 있지도 않을 것은 바보라도 알 수 있었다.

물론 진운이 볼튼을 살려 보내면서 충격적인 무력시위를 했기에 당장 칼 빼 들고 미친놈처럼 달려들진 않겠지만 아이린의 목숨을 노리는 방법은 그 외도 많았다.

더욱이 아이린의 곁에는 본과 수도에 서류를 접수하러 간 기사, 이렇게 달랑 두 명이 전부였기에 더더욱 위험했다.

진운은 본의 눈동자를 보고는 흔들림없는 모습에 고지식하고 단순하긴 하지만 절대로 배신하지 않는 성격임을 알아보았다.

그래도 아이린이 사람 복이 아주 없지는 않았다.

물론 가족이던 그랜트 자작이 배신한 마당에 겨우 기사 두 명이 충성을 맹세해 봐야 별다를 건 없지만 말이다.

덜컹!!

그런데 진운과 시선을 마주하고 잇던 본이 갑자기 진운 앞에 무릎을 꿇었다.

그리고 자신의 허리에 있는 검을 뽑아 땅에 힘껏 박아 넣고는,

"아가씨를 지켜주십시오!"

"싫어!"

본의 부탁을 진운은 단칼에 거절해 버렸다.

하지만 본도 진운이 그럴 줄 알았다는 듯,

"아가씨만 지켜주신다면 제 목숨, 진운님께 드리겠습니다."

"본… 경……!"

아이린도 본이 진운에게 이렇게까지 부탁할 줄은 몰랐는지 놀라서 본을 불렀다.

본은 진운에게서 시선을 뗄 수가 없었다.

잠깐이지만 진운과 함께 여행을 해본 본은 진운의 성격을 어느 정도 파악했기에 더더욱 그랬다.

좋고 싫음이 너무나 뚜렷해서 진운이 싫다고 하면 무조건 싫은 것이다.

본도 나름 진운에게 가르침 받은 경험을 토대로 싫다고 한다 해서 물러날 생각은 처음부터 없었다.

상대는 제멋대로에 괴팍하고 까칠하지만 대륙 전체를 뒤
져도 진운만큼 아이린을 확실히 보호할 수 있는 사람은 없었
다.

본은 오로지 아이린의 목숨을 지키는 것만 생각하고 있는
것이다.

"내가 왜 아이린을 지켜야 하지?"

진운이 한겨울 한기가 스며들 만큼 차가운 목소리로 본에
게 말하자,

"제가 목숨을 바쳐서라도 지키기로 맹세한 분이 아이린 아
가씨입니다. 전 아가씨를 지킬 수만 있다면 제가 곁에 없어도
상관없습니다."

본도 이대로 진운과 헤어진다면 자신들의 목숨은 풍전등
화와 같은 것을 알고 있었다.

그랜트 자작의 눈과 귀가 결코 허술하지 않으니 말이다.

한마디로 진운과 헤어지는 순간, 본과 아이린은 죽음의 위
험 속에서 살아야 한다는 것이다.

사실 자신이 아이린을 지킬 자신이 있다면 얼마든지 그따
위 죽음의 위험 정도는 감수할 수 있었다.

하지만 그러기에는 자신의 실력을 너무나 잘 알고 있었
다.

길어봐야 1년, 짧으면 몇 개월 안에 아이린은 그랜트 자작

의 손에 죽을 것이 뻔하다. 그런 상황에 본이 체면 차릴 여유
는 애초에 있지도 않았다.

지금 진운을 놓치면 자신이야 죽어도 상관없지만 아이린
만큼은 절대로 죽어서는 안 되기에 지금 이렇게 땅에 무릎 꿇
고서 부탁하는 것이다.

"곁에 없어도 된다……. 그럼 뭘 할 거지?"

본이 자신이 곁에 없어도 상관없다는 말에 눈빛을 반짝이
면서 물어보자,

"강해질 겁니다!"

"호오."

진운은 본의 눈동자에서 강한 열망을 느낄 수가 있었다.

기사가 자신이 모시는 레이디를 다른 자에게 맡기면서까
지 강해진다는 말은 그만큼 절박하다는 말일 수도 있지만, 자
신의 실력을 너무나 잘 알고 있다는 말도 되었다.

기사란 본래 명예와 자존심으로 살아가는 녀석들이다.

마스터의 경우는 논외이기에 제외하더라도 자신이 실력이
없다는 것을 대놓고 말하는 기사는 아마 대륙에 쉽게 없을 것
이다.

물론 본과 아이린의 사정이 그만큼 급박하기에 어쩔 수 없
다는 것은 알지만 진운은 아이린과 본이 꽤 흥미로웠다.

진운이 짐짓 진지하게 물었다.

"얼마나 강해지려고?"
본의 눈빛이 빛났다.
그는 단호하게 외쳤다.
"마스터가 되겠습니다!"

Chapter 04
기사의 의지

"호오!"

본의 말에 진운이 탄성을 내뱉었다.

이제 겨우 마나를 다루는 수준에 있는 본의 입에서 나올 말은 아니었다.

대륙에는 수천만 명의 기사가 있다.

그런데 대륙에 마스터에 오른 자는 겨우 다섯 명뿐이다.

과연 그 수천만 명의 기사는 바보라서 마스터가 되지 못했을까? 아니었다.

그만큼 죽을 때까지 검을 휘두르고 칼질을 해도 넘을 수 없는 벽이 있기에 숫자가 한 손에 꼽을 만큼 적은 것이다.

그런데 마스터가 되겠다는 본의 말에서는 조금의 망설임이나 의심도 느껴지지 않았다.

"진심이군."

진운이 나직하게 말하자 본은 고개를 크게 끄덕이면서,

"제가 마스터가 되지 못한다면… 아가씨를 지킬 수 없습니다."

본은 진운이 기사단을 처리할 때 보인 무력을 보고 다른 것은 더 이상 눈에 들어오지 않았다.

너무나 압도적인 무력, 30명의 기사단을 처리하면서도 진운은 단 한 번도 호흡이 거칠어지지 않았다.

그런 모습을 바로 눈앞에서 지켜본 본의 뇌리에는 아이린을 지키려면 자신이 마스터가 되는 수밖에 없다고 생각하게 되었다.

사실 아이린의 현재 상황에서 본이 마스터가 된다면 확실히 그랜트 자작의 위험 따위는 가볍게 무시할 수 있긴 했다.

당장 본이 황제에게 마스터로 인정만 받으면 백작위는 물론이거니와 원한다면 그랜트 자작의 영지까지 달라고 할 수도 있으니 말이다.

"흠……."

본의 말에 진운은 잠시 생각하는 듯하더니 레이나를 슬쩍

쳐다보면서,

"내가 했던 수련을 저 녀석에게 시키면… 죽겠지?"

진운의 말에 레이나는 강하게 고개를 끄덕이면서,

―100% 확률로 일주일 안에 죽어.

아예 죽음이 확실하다는 말에는 진운도 동의했다. 자신도 그렇게 생각하고 있으니 말이다.

만약에 자신도 드래곤을 보지 않았다면 아마 레이나를 원망하며 마스터가 되지 못했을 것이다.

아니, 그전에 죽었을 것이다.

사람의 생명이란 어떻게 보면 참 연약하게 보일 수도 있지만 때론 마음먹기에 따라 엄청나게 질기기도 했다.

"그럼 제외해야겠네."

사실 진운은 아이린을 위해서 자신조차 버린다는 본의 행동이 어느 정도 마음에 든 상태였다.

하지만 그렇다고 자신이 본을 가르치는 것은 불가능했다.

왜냐하면 진운도 체계적인 방법으로 수련을 해서 배운 게 아니라 레이나의 스파르타식 훈련과 절묘한 타이밍의 운으로 마스터에 올랐을 뿐이다.

본에게 자신이 받은 수련 방법을 그대로 한다면 본이 마스터가 되기보다 오히려 폐인일 될 가망성이 높았다.

스스로 생각해도 미친 수련법이다.

'어라, 잠깐. 그럼……'

그런데 가만히 생각해 보니, 기사인 본이 훈련하면 일주일 안에 죽을지도 모르는 수련을 자신은 했다는 게 아닌가?

진운이 슬쩍 레이나를 곁눈질로 쳐다보자,

휙~

진운의 눈길을 피해 버리는 레이나였다.

이미 지나간 일이니 이제 와서 따질 생각은 없지만 생각해 보니 자신이 얼마나 운이 좋았는지 새삼 깨닫게 되었다.

그런 미친 훈련을 버티고 살아남아 마스터에 올랐으니 말이다.

"5년."

진운이 가만히 본을 바라보면서 손가락 다섯 개를 모두 펼쳐 보이면서 한 말이다.

"……?"

순간 진운이 한 말이 무슨 뜻인지 몰라 본이 쳐다보고만 있자,

"5년이야. 그동안은 내가 책임지고 아이린을 보호해 주지. 그럼 넌 그 안에 마스터가 되어봐."

5년 안에 마스터가 되라는 조건이 붙긴 했지만 본은 진운이 아이린을 받아줬다는 것에 크게 기뻐했다.

벌떡 일어난 진운을 향해 오른손으로 심장이 있는 왼쪽 가

숨을 쾅 소리가 들릴 만큼 강하게 치고는,

“기사 본, 마스터이신 진운님의 말을 따르겠습니다. 5년, 5년 안에 제가 마스터에 오르지 못한다면 제 목숨, 진운님이 거두어주십시오!”

본은 5년 안에 마스터가 되지 못하면 진운의 손에 죽으러 오겠다고 말하고는 그대로 몸을 돌려 아이린에게 인사했다.

“끝까지 지켜 드리지 못한 점, 죄송합니다.”

“본 경, 어쩌자고 그런 무모한…….”

검을 들어본 적이 없는 아이린이지만 마스터가 어떤 존재인지는 알고 있었다.

그리고 그게 얼마나 어려운 일인지도 말이다.

머리가 좋고 똑똑한 아이린이었기에 지금 본이 진운 앞에서 한 기사의 맹세가 얼마나 무모한지도 잘 안다.

본을 향한 아이린의 목소리는 떨릴 수밖에 없었다.

“제가 아가씨를 모시기로 맹세한 순간부터 전 모든 것을 아가씨에게 바치기로 했습니다. 반드시, 반드시… 5년 안에 다시 아가씨 곁으로 돌아오겠습니다.”

본은 진운에게서 마스터가 되는 방법을 배운다는 생각은 애초에 하지 않았다.

이미 한 차례 지도를 받아본 경험이 있기에 진운에게서 무언가를 얻을 순 있어도 배울 수는 없다는 것을 알고 있었다.

　그래서 처음부터 아이린을 부탁하고 잠시 떠날 생각을 하고 있었다.

　특히나 지켜야 하는 사람이 곁에 있다면 그만큼 집중력이 흩어질 수밖에 없기에 아이린이 가문을 버리는 각오를 했듯 본은 아이린의 곁을 떠나서 강해지기로 결심한 것이다.

　"어째서… 저 같은 것 때문에……."

　아이린은 자신의 곁을 누군가가 지켜주는 것이 너무나 당연하다고 생각했었다.

　태어나면서부터 하녀가 모든 것을 해결해 주었고, 본이 아이린의 기사가 되고부터는 든든한 방패막이가 되어주었다.

　하지만 그건 모두 아이린이 귀족이기 때문에 가능했고, 그래서 당연하다고 생각했다.

　그런데 현재 자신은 귀족이 아니다.

　스스로 귀족의 작위를 버린, 몰락 귀족이나 다름없는 자신에게 본이 기사로서의 모든 것을 변함없이 바치려고 하자 어째서 본이 그렇게까지 자신을 지키려고 하는지 이해를 할 수가 없었다.

　사실 아이린은 본이 원한다면 떠나보낼 생각까지 하고 마음의 각오를 하고 있었다.

　모든 재산과 영지, 그리고 작위까지 반납한 아이린에게는 본을 데리고 있을 만한 여유가 없었으니 말이다.

기사란 돈 먹는 괴물이라는 말이 그냥 나온 게 아니듯 지금 본이 입고 있는 갑옷을 비롯해서 검은 물론 가장 허름해 보이는 허리띠마저도 웬만한 평민들은 구경도 못할 거금이 들어간 것이다.

그뿐인가?

갑옷과 검은 쇠붙이다.

당연히 수시로 손질하고 수리를 해야 녹슬지 않고 계속 사용할 수 있는 물건이다.

그렇게 손질하고 수리하는 것에도 만만치 않은 돈이 들어가는 것을 아이린은 너무나 잘 알고 있다.

그러니 마지막에는 혼자 남을 생각까지 하고 있었다.

그런데 이런 자신의 곁에 본이 끝까지 남아준다는 것도 고마운데, 목숨을 담보로 진운에게 자신을 맡기고 가시밭길을 가려는 것을 보는 심정이 오죽하겠는가.

"그럼 이만……."

본은 그렇게 마지막 말을 남기고 그 길로 떠나 버렸다.

아이린은 복잡한 마음 때문인지 한참을 말없이 본이 떠나간 방향에서 눈을 떼지 못했다.

그런 아이린을 뒤에서 지켜보던 진운과 레이나는 뭔가 머쓱한 기분이 들었다.

이미 진운은 끼어들 때부터 아이린을 어느 정도는 보호해

줄 생각이었다.

여자애 하나 데리고 다니는 것이 크게 어려울 것이 없었고, 정 여의치 않으면 레이나에게 말해 엘프 마을에라도 숨겨줄 생각이었다.

"장난이 좀 심했나?"

진운이 본에게 말했던 5년이라는 기간을 생각하고는 머쓱한지 뒤통수를 긁적이자 레이나도 그제야 진운이 장난쳤다는 것을 알고서는,

—진운, 장난이 지나쳤어.

고지식하고 앞뒤 꽉 막힌 본의 성격을 보면 아마 5년 안에 마스터가 되지 않으면 정말 진운에게 죽여 달라고 매달릴 가능성이 다분히 높았다.

"설마 바보도 아니고 그걸 믿고 돌아오겠어?"

진운은 본이 돌아오겠다고 약속은 했지만 다시 돌아올 확률은 반 정도로 보고 있었다.

사람의 마음이란 게 하루에도 수십 번 변하는 게 기본인데 5년 안에 마스터가 되지 못하면 죽으러 온다고 한 녀석이 제 발로 올 가망성이 과연 얼마나 되겠는가?

레이나와 아이린은 몰라도 진운은 사실 본이 와도 '그냥 장난이었어' 라고 말하고는 웃어넘길 생각을 하고 있는데,

"진운님."

아이린이 조용히 진운을 향해 돌아보면서,

"만약 본 경이 마스터가 되지 못한다 해도… 죽이지는 말아주세요. 대신 제가 진운님이 원하는 건 무엇이든 할 테니까요."

"……."

아이린이 너무나 진지한 눈빛으로 쳐다보자, 진운마저도 순간 압도되었는지 자신도 모르게 고개를 끄덕였다.

"감사합니다."

뒤늦게 자신이 고개를 끄덕였다는 것을 깨닫고는 아차 했지만 이제 와서 다 장난이었다고 말하기에는 이미 늦어버린 타이밍이다.

"쩝."

진운이 멋쩍은 듯 고개를 돌려 레이나를 보자,

찌릿!

장난이 지나쳤다는 것을 나무라는 듯한 레이나의 눈빛에 결국 진운은 자리에서 일어나 버렸다.

레이나의 눈빛 때문에 가시방석에 앉아 있는 느낌이었으니 말이다.

"에휴, 뭐가 이리 복잡하고 꼬이는 건지, 나 참."

지금까지 지구의 복잡하고 답답한 현실에서 벗어날 수 있는 탈출구였던 대륙으로의 여행이 아이린으로 인해 앞으로는 그리 편안한 여행이 되지 않을 것 같은 생각에 진운은 차라리 그냥 아이린이 끌려가도록 놔둘 걸 그랬나 하는 생각을 잠시 했지만 고개를 흔들었다.

"차라리 찜찜한 기분을 가지고 있는 것보다는 눈앞에 있는 게 속은 편하겠지."

이왕 저지른 일에 대해서는 더 이상 생각하지 않기로 한 진운은,

스르렁~

자신의 허리에서 검을 뽑아서 마나를 활성화시켰다.

우웅!!

볼튼에게 보여줄 때와 달리 이번에는 마나를 집중해서 바벨의 탑에서 드래곤을 상대했을 때와 같이 오러 블레이드를 만들어냈다.

1미터 남짓했던 롱 소드는 순식간에 4미터를 넘는 길이에, 웬만한 대검을 능가할 만한 두께로 바뀌어 버렸다.

"오러 블레이드, 이게 그렇게 파급력이 세단 말이지."

순수하게 책으로 읽었던 마스터와 실제 대륙에서 진운이 느낀 마스터는 체감상 하늘과 땅 차이었다.

과시용으로 살짝 뽑아낸 오러 블레이드만 봐도 기절초풍을 했는데 지금 전력을 다해 뽑아낸 이 엄청난 오러 블레이드를 봤다면 어쨌을까 하고 잠시 생각하던 진운은,

휘익~

가볍게 검을 휘두르면서 마나를 거둬들였다.

"그래봐야 칼 들고 설치는 거지, 뭐."

애초에 무력에 대한 로망이나 갈망이 전혀 없는 진운이었으니 결과는 크게 달라질 것이 없었다.

"그보다 슬슬 지구로 돌아가 볼까. 더 있다가는 귀찮은 일만 벌어질 테니 말이야."

아이린까지 떠맡아 버린 현재 대륙에 남아 있다가는 분명히 그랜트 자작이라는 녀석이 시시때때로 진운을 귀찮게 할게 뻔했다.

특히나 귀찮은 것을 가장 싫어하는 진운에게 그것만큼은 정말 사양하고 싶은 마음이다.

뭐 원한다면 그랜트 자작을 찾아가 기사들과 같이 한 방에 해결할 수도 있지만 그랬다가는 정말 대륙 전체가 진운을 찾기 위해 혈안이 될 것이다.

그런 뻔한 상황을 피해, 진운은 가장 확실하면서도 안전한 지구로 돌아가는 쪽으로 생각한 것이다.

"뭐… 한 1년만 지구에서 있다가 다시 오면 다 잊어버리겠지, 아마."

지구에 있어도 대륙의 시간은 원래대로 흐르니 느긋하게 대학교 생활을 하다가 나중에 생각나면 다시 들르면 된다.

　레이나에게는 조금 미안하지만 그렇다고 복수에 미친 귀족이 뒤쫓는데 엘프의 마을로 돌아가는 것도 좀 아니라고 생각되니 말이다.

＊　　　＊　　　＊

　"여긴……?"

　지구로 돌아온 진운과 레이나 옆에서 멍한 눈으로 주변을 둘러보는 아이린은 마치 놀이공원을 처음 와본 어린애가 정신없이 주변을 구경하는 것 같은 표정이다.

　"내가 사는 집."

　"여긴… 그럼 진운의 고향인가요?"

　"응."

　뭐 틀린 말도 아니기에 진운이 간단하게 대답하자 아이린은 아직도 자신이 꿈을 꾸는 게 아닌지 볼을 꼬집어보고 있다.

　진운의 계획은 간단했다.

　아이린을 지구로 데리고 와서 같이 지낸다.

　그리고 나중에 시간이 지나서 사람들 기억에서 잊힐 만하면 그때 다시 데리고 대륙으로 넘어간다.

　어차피 한동안 진운은 대학교를 다녀야 하고 나름 바쁘게 지내야 하니 겸사겸사 아이린까지 데리고 지구로 넘어와 버린 것이다.

"이건 거울……. 와!! 진짜 커요!!"

아이린은 가장 먼저 벽에 걸려 있는 전신거울을 보고는 연신 자기 얼굴을 꼬집어보고 거울을 만져도 보면서 촌티를 팍팍 풍겼다.

레이나는 옆에서 친절하게 하나씩 알려주기 시작했다.

처음 몇 시간은 진운이 사는 아파트를 둘러보기에 바쁘던 아이린이지만, 조금씩 알게 되면서부터 달력이나 시계 등에 관심이 옮겨갔다.

특히나 레이나 때문에 집에 쌓여 있는 책을 보고는 눈빛이 변했다.

아이린이 가장 먼저 한 것은 바로 한글을 배우는 것이었다.

"이곳의 언어와 글을 가르쳐 주세요!"

확실히 아이린이 대단한 녀석이긴 한 건지, 단번에 둘러보면서 한글을 확인하고는 언어가 다르다는 것을 알아챈 것이다.

거기다 한동안 자신은 진운과 함께 지내야 한다는 것을 잘 알고 있기에 우선순위로 글과 말을 배우는 것을 선택했다.

그건 확실히 탁월한 선택이었다.

하지만 진운도 생각지 못한 문제가 생겨 버렸다.

―아이린의 옷은 어떻게 해?

"옷?"

진운은 레이나의 말을 듣고서야 아이린을 바라보니 칙칙한 로브에 화장기 하나 없는 얼굴, 뭔가 세월의 흔적이 묻어 있는 셔츠와 레깅스가 생각나는 바지를 입고 있었다.

거기다 더욱 놀라운 것은 아이린은 레이나가 입고 있는 속옷이라는 개념이 전혀 없는 것이다.

"아, 그렇지."

순간 레이나에게 가슴 속옷을 입는 방법을 설명하면서 고생했던 때가 생각났는지,

"레이나가 알려줄 수 있지?"

―응? 아, 알았어.

진운이 뭘 말하는지 알고 있다는 듯 레이나가 고개를 끄덕이자 그제야 안도할 수 있었다.

슬쩍 레이나와 아이린을 쳐다본 진운은,

'이러다 여자만 아파트에 넘쳐나는 건 아니겠지?

어째 요상하게 자꾸 여자들이 진운의 곁에 자꾸 꼬인다.

잠깐 누군가가 꾸미는 것은 아닌지 하는 의심을 했지만, 그러기에는 레이나나 아이린의 경우 모두 이유가 있기에 곧 생각을 접었다.

"어쩐다……."

지금은 쓸데없는 잡생각을 하기보다 당장 아이린의 옷을 먼저 구하는 게 급했다.

"오늘 사러 가자."

진운은 내일부터 복학해야 되니 언제 아이린의 옷을 사줄 시간이 날지 장담할 수 없었다.

무엇보다 금방이라도 벼룩이 떨어질 듯한 아이린의 옷을 그대로 놔둘 수가 없었다.

이유야 어찌 되었든 자신이 데리고 있기로 했고, 그리고 여자애인데 최소한 노숙자 차림새로 있을 수는 없으니 말이다.

하지만 그전에 꼭 해야 하는 것이 있었으니,

"레이나."

─응?

"먼저 씻겨."

대륙에 있을 때는 진운도 동화가 되어서인지 느끼지 못했던 냄새가 조금씩 느껴지기에 살펴보니, 원인은 바로 아이린이었다.

레이나와 진운의 경우 클린 마법으로 자주 씻기도 하지만 지구의 생활에 제법 익숙해진 레이나는 목욕용품을 사용하는 것을 나름 즐기는 편이었다.

하지만 비누조차 없는 대륙에서 살던 아이린이다.

아무리 귀족이라고 해도 없는 것을 만들어내지 않는 한 한계가 있는 법이다.

거기다 가문이 풍전등화에 놓인 상태에서 팔자 좋게 몸치장을 하고 있을 여유가 없었을 아이린이니 자신의 몸에서 냄새가 난다는 것도 전혀 모르고 있는 듯했다.

원래 자기 몸에서 나는 냄새는 잘 모르는 법이다

뭐랄까, 외모만 보면 진짜 길 가다가 헌팅하고 싶을 만큼 가녀리고 예쁘면서도, 한편으로는 남자에게 보호본능까지 일으키는 가련한 모습이다.

하지만 몸에서 풍기는 땀의 향기가 단번에 그런 이미지를 깨뜨리고도 남을 정도였다.

―물로?

"응. 클린 마법은 깨끗하게는 할 수 있지만 그것을 제외하고는 별다른 장점이 없으니."

사실 클린 마법이 좋고 편하긴 했다.

말 한 마디로 방 청소는 물론 세탁과 몸의 불순물까지 모두 걷어내 버리니 말이다.

하지만 씻었다는 느낌이 들지 않는다고 해야 할까, 물이 가져다주는 상쾌한 기분을 느낄 수 없다는 단점 때문인지 청소와 세탁은 마법을 쓰는 편이지만 씻는 것만큼은 물을 고집하는 진운이었다.

레이나도 여러 가지 목용용품에 만족하는지 진운의 말을
따라주었다.

"와! 이게 다 뭐예요?"

그리 크진 않지만 반신욕 정도 할 수 있는 크기의 욕조와
함께 욕실의 벽을 차지하고 있는 커다란 거울에 아이린이 놀
라워했다.

아이린은 간단히 수도꼭지 몇 번 움직이는 걸로 뜨거운 물
과 차가운 물이 번갈아 마음대로 나오는 것에 거의 자지러졌
다.

"와!! 와!! 와!!"

"……"

씻는 동안 내내 진운은 거실에서 아이린의 놀라는 목소리
를 들어야만 했다.

하지만 여자의 변신은 무죄라고 했던가?

씻고 나온 모습은 마치 껍질을 벗어던진 나비처럼 머리카
락 하나부터 생기가 넘친다.

물론 당장 옷이 없어서 레이나가 입던 트레이닝복을 입혀
놓으니 열여섯 살짜리 여자애한테는 당연히 클 수밖에 없었
다.

"우선… 허리 밴드 부분을 접자."

궁여지책으로 진운은 발가락도 보이지 않는 바지의 허리

와 바짓단을 접어서 대충 길이를 맞추고, 상의는 레이나가 입던 것을 입혔다.

이제야 그나마 그럭저럭 봐줄 만했다.

하지만 역시나 패션의 완성은 얼굴이라고 했던가?

아이린의 얼굴만 가리고 보면 방구석에서 몇 년은 뒹군 백수 같은 모습이지만 얼굴과 합치니 흔한 트레이닝복이 비싼 유명 메이커같이 느껴지는 효과까지 생겼다.

특히나 아이린은 귀족으로 태어나 자라왔기에 은연중에 고급스러운 이미지가 느껴지기도 했다.

아무리 겉으로 드러내지 않으려고 해도 진짜 백작가의 영애로 살았던 세월만큼은 숨길 수 없으니 말이다.

"자, 그럼 나가자.

집을 나선 진운은 한국어는커녕 지구가 처음인 아이린을 위해 레이나 옆에 꼭 붙어 있게 했다.

그들은 천천히 걸어서 백화점으로 향했다.

물론 백화점까지 가는 도중에 사람들의 시선이 집중되는 것은 당연한 일이었다.

하지만 오히려 이제는 익숙하다고 해야 할까? 쳐다보지 않으면 조금 허전한 기분까지 들 정도이다.

"필요한 것부터 사야겠지."

─응.

레이나가 가장 먼저 간 곳은 속옷 매장이었다.

"여기는 좀……."

진운이 레이나가 처음부터 속옷 매장을 갈 줄은 예상하지 못했기에 난감한 표정을 짓자,

―진운.

"으, 응?"

―여자에게 속옷이 얼마나 중요한 것인지 진운은 모르는구나?

사실 진운은 별로 알고 싶지도 않았다.

물론 진운도 남자인지라 마네킹에 전시되어 있는 야한 속옷을 보면 확실히 시선이 가는 것은 어쩔 수 없지만 말이다.

그런데 돌연 레이나가 진운이 쳐다보던 망사로 만들어진 야한 속옷을 손가락으로 가리키면서,

―여자에게 속옷은 자존심이야.

"……."

순간 '망사가 자존심인가?' 하는 엉뚱한 생각이 들었지만 곧 머릿속에서 지웠다.

결국 진운은 겨우 한 걸음 정도의 차이었지만 차마 속옷 매장에 들어가진 못하였다.

그러다 보니 자연히 한 시간이 넘게 여자들이 쇼핑하는 것

을 기다려야만 했다.

가끔 여자 속옷 매장 앞에 서 있는 진운을 흘낏 쳐다보는 사람들도 있었다.

하지만 요즘 세상에 남자가 여자 속옷 매장 앞에 있는 게 그리 이상하겠는가.

겨우 호기심 정도의 눈빛이었기에 진운에게는 그것이 위안이 되었다.

—가자.

"그래."

결국 레이나는 자신의 것과 아이린의 것을 모두 사고 나서야 다음 쇼핑을 시작했다.

몇 시간 뒤, 그들은 양손 가득 쇼핑백을 들고 백화점을 나올 수가 있었다.

백화점을 들어갈 때와 나올 때 달라진 점이라면 역시 아이린의 옷차림이다.

이제는 누가 봐도 확연히 달라져 있었다.

역시나 패션의 완성은 얼굴이지만 그 얼굴에 날개를 달아주는 것은 멋진 옷이라는 것은 불변의 법칙인가 보다.

"와, 진짜 귀엽다!"

"뭔가… 대단한 집안 딸 같아."

"걷는 것 봐."

트레이닝복 차림일 때는 시선을 끌지 못한 아이린이지만 레이나가 골라준 속옷에 셔츠, 그리고 요즘 유행하는 스키니 팬츠를 입고 굽이 낮은 슈즈까지 신자 백화점을 나와서 걸어가는 내내 아이린을 보는 사람들의 시선이 끊이질 않았다.

그런데 웃긴 것은 그런 시선을 너무나 당연하게 받아들이는 아이린의 모습이다.

역시 귀족으로 자라 제국에서도 소문난 미인으로 이름을 떨친 경력이 있다 보니 그런 시선이 전혀 낯설지 않은 모양이었다.

꼬르륵.

"……?"

거의 집에 다 왔을 때쯤 진운의 귀를 울리는 소리에 고개를 돌려보니,

후다닥!!

급히 자신의 배를 가리고 고개를 숙인 아이린이 어색하게 웃으면서,

"…그게… 아직 아무것도 먹지 못해서……."

"설마 하루 종일?"

끄덕끄덕.

"그럼 집에 먹을 것이라도 있나 찾아봐야겠네."

그제야 진운은 지금까지 아이린이 무언가를 먹는 모습을 본 적이 없음을 깨달았다.

귀족이라고 다른 사람에게 먹는 모습을 보여선 안 된다는 규율이 있을 리는 없다.

그저 집을 나온 아이린이 세심하게 먹을 것을 챙겼을 리가 없을 뿐이다.

실제로 만났을 때도 로브를 걸친 게 전부였으니 적어도 어젯밤부터 쭈~ 욱 굶었다는 이야기가 된다.

─라면 있어.

"라면… 이요?"

갑자기 레이나가 끼어들면서 라면을 들먹이자 아이린은 그게 뭔지 전혀 모르는 눈치다.

하지만 이게 아이린과 라면의 운명적인 첫만남이 될 것이라고는 진운도 레이나도, 하물며 당사자인 아이린도 모르고 있었다.

─내가 전설의 라면을 끓여줄게.

집으로 돌아온 레이나는 옷도 갈아입지 않고 곧바로 주방으로 가더니,

휙!

자신의 아공간에서 라면과 쌈장을 꺼냈다.

"쌈… 장?"

슬쩍 지나가다 라면과 어울리지 않는 쌈장을 본 진운이 물어보자 레이나는 엄지손가락을 치켜세우면서,

―진정한 라면이 뭔지 보여줄게. 두고 봐.

라는 말과 함께 라면에 쌈장을 한 숟가락 듬뿍 뜨더니 망설임도 없이 그대로 넣어버렸다.

“…….”

지금까지 살면서 라면에 쌈장을 넣는다는 것을 들어본 적이 없는 진운은 고개를 흔들면서 레이나의 라면 사랑이 이제 갈 때까지 갔구나 하는 생각이 들었다.

라면이라는 식품이 뭔지 아는 진운이야 그렇지, 아이린의 반응은 달랐다.

“이게 라면인가요?”

―응.

“냄새가… 굉장해요!”

―당연하지. MSG라는 대단한 조미료가 들어가 있으니까.

“ M… S… G?”

―먹어보면 알아.

사실 레이나도 진운에게 들었을 뿐인 MSG를 자랑스럽게 말했지만 그게 정확하게 뭔지는 모르고 있었다.

그냥 감칠맛을 느끼게 해주는 것이라고만 알고 있을 뿐

이다.

보글보글!

라면이 드디어 완성됐다.

아이린은 포크와 나이프를 들고 라면에서 시선이 떨어질 줄을 몰랐다.

"이렇게 먹는 거야."

진운이 먼저 젓가락으로 먹는 모습을 보여주었다.

아이린은 처음에는 포크를 내려놓고 젓가락질에 도전했지만, 몇 분 만에 손가락에 쥐가 나 포기했다.

"그냥 포크로 먹어."

"그래야겠어요."

후루루루룩!

"쩝쩝쩝."

―어때?

레이나는 자신이 가장 자신있어 하는 쌈장 라면을 먹는 아이린의 모습을 뚫어지게 보다가,

딸랑.

갑자기 포크를 떨어뜨린 아이린의 모습에 놀랐다.

―왜? 너무 매워?

도리도리.

―그럼 너무 짜?

도리도리.

레이나의 말에 대답 대신 고개만 흔들던 아이린은 떨어뜨린 포크를 조용히 집어 들었다.

그리고 새로 포크를 꺼내 들고는 레이나를 보면서,

"이건… 이건… 새로운 세계를 경험한 느낌이에요. 이런 맛이 있다니……."

―역시 그렇지?

"……."

황홀한 표정으로 라면을 바라보는 아이린.

진운은 귀족의 예절을 모두 지키면서도, 포크를 쥔 손만 세 배 빠르게 움직이는 희귀한 광경을 목격했다.

"레이나 언니, 이건 정말… 정말… 축복이에요!!"

다 먹은 아이린은 레이나를 마치 무슨 요리의 신을 보듯 쳐다봤다. 그걸 당연하게 받아들이는 레이나의 모습을 지켜보는 진운은 한숨만 나왔다.

'천재들은 보통 나사 하나가 빠진 부분이 있다던데… 원래 저런 성격인가?'

라면 하나에 무슨 신을 만난 듯 감격스러워하는 아이린과 그런 아이린의 시선을 당연하게 받아들이는 레이나를 보고 있자니 웃음이 나왔다.

다른 한편으로는 그래도 레이나와 말동무가 되어주는 사

람이 있다는 것에 조금은 안심이 되기도 했다.

그렇게 저녁을 쌈장 라면으로 때우고, 각자의 잠자리를 정했다.

"내가 거실에서 잘게."

진운은 거실에서 자고 레이나와 아이린은 방에서 지내는 것으로 결정한 다음, 사온 옷을 정리했다.

물론 그 과정에서 브래지어를 번쩍 들고 손으로 만져 보고 집중해서 살펴보는 아이린의 행동 때문에 조금은 곤혹스럽기도 했다.

하지만 최소한 레이나 때처럼 진운이 착용법까지 가르쳐야 하는 불상사는 일어나지 않았다.

―잘 자.

"편안한 밤 되세요."

"응."

조금은 왁자지껄한 하루를 보내고 진운은 자리에 누웠다.

잠시 앞으로 아이린을 어떻게 해야 되나 생각하던 그가 갑자기 벌떡 몸을 일으켰다.

완전히 잊고 있던 것이 있었다.

"복학 준비를 전혀 안 했군."

레이나와 아이린만 신경을 쓰다가 정작 자신이 어떤 상황이었는지는 전혀 생각하지 않고 있었다.

"나도 참……."

뒤늦게 자신만 아무것도 준비하지 않았다는 것을 깨닫고 부랴부랴 학교를 갈 채비를 갖춰놓고서야 진운은 잠자리에 들 수 있었다.

Chapter 05
캠퍼스 생활

　요즘에는 대학이란 곳에 은근히 낭만과 로망을 꿈꾸는 사람이 없는 편이다.

　아니, 대학을 나와도 취업을 못해 이태백이라는 소리를 들으면서 집에서 노는 경우가 많고, 백수라는 소리 듣기 싫어서 대학원에 진학하는 사람이 있을 정도이니 더 이상 무슨 설명이 필요하겠는가.

　그 취업난은 S대도 피해 가지 못하는 것 같았다.

　"도서관에 자리가 없군."

　복학하고 한 달 가까이 대학 생활을 한 진운이 느낀 것은

S대라는 곳도 결국 다른 대학과 크게 다르지 않다는 것이었
다.

물론 나름 알아주는 수재들만 모인 곳이기에 학구열과 공
부에 대한 집중도만큼은 확실히 좋은 편이지만 그만큼 놀 때
도 거의 혀를 내두를 만큼 미친 듯이 놀기도 하는 곳이 바로
S대였다.

그런 S대에 복학한 진운은 웬만하면 눈에 띄지 않고 조용
하게 졸업하려고 했던 자신의 생각이 단 며칠 만에 부서질 것
이라고는 생각지 못했다.

"저 사람이 이번에 복학한 정진운 선배래."

"와, 진짜 걸어 다니는 조각이네."

"비율 좀 봐, 비율. 동양인에게서 결코 나올 수 없는 비율
이야. 8등, 아니, 9등신은 되겠다."

호주에서 유학하다 다시 복학한 걸로 되어 있는 진운은 크
게 마음에 드는 전공과목이 없기에 본래 하던 영문과에 그대
로 다니기로 했다.

하지만 진운이 생각지 못한 것이 있었으니, 바로 S대 영문
과에는 여학생 비율이 압도적으로 높다는 사실이다.

조금 특이하다고 해야 할까?

이상한 전통 같은 느낌이 강하게 드는 건 사실이지만 묘하
게도 S대 영문과는 매년 여학생이 많이 들어오는 편이었다.

그리고 특히나 올해 영문과는 작년에 입학한 새내기들이 휴학하거나 하지 않고 모두 그대로 올라온 편이라 S대 영문과 역사를 통틀어 여자가 가장 많은 해이기도 했는데, 운이 없는 건지 진운이 딱 이때 복학한 것이다.

사실 아무리 공부에 집중하고 앞날을 걱정한다고 해도 이제 스무 살 갓 넘은 여학생들이 진운을 보고 관심을 가지지 않는다면 그게 더 이상한 일일 것이다.

물론 그 대상인 진운이 그런 여자들의 관심을 모두 무시한다는 게 문제이긴 했다.

그렇지만 과에 있는 여학생만 관심을 보인다면 그래도 그나마 참을 만한 진운이다.

물론 레이나와 아이린이 진운을 따라 학교로 오기 전까지는 말이다.

"읽는 건… 어느 정도 한다는 거네?"

"네, 좀 어렵고 아직 모르는 글자가 있긴 하지만 책 읽는 정도라면 충분해요."

아직 말은 조금 서툴지만 책을 읽는 것만큼은 옆에 국어사전만 있으면 읽는 데 크게 문제가 없을 만큼 한글을 깨우친 것이다.

"…진정한 천재는 따로 있었군."

한글이 세계에서 배우기 가장 힘든 언어라고 한다.

　특히나 문법과 함께 같은 글자라도 그 뜻이 완전히 다른 게 많은 한글의 특성과, 소리 나는 말을 그대로 글자로 표현하는 특징 때문에 처음 한글을 접하는 사람들은 언뜻 보기에는 쉬워하다가 시간이 지날수록 어려워한다.

　그런데 그걸 거의 한 달 조금 못 되는 시간에 모두 깨우쳐 버린 아이린은 진정한 천재가 뭔지 보여주는 좋은 본보기였다.

　사실 진운이야 마나의 적응을 끝내고 각성까지 한 상태라 뇌가 열려 있으니 당연했고, 레이나는 원래 머리가 좋은 엘프에 마법까지 사용하는 상태라 천재인 것은 당연했다.

　하지만 머리 하나만 놓고 보면 아이린도 결코 레이나에 뒤떨어지지 않는다는 생각이 들었다.

　아무튼 글을 읽을 수 있게 된 아이린은 집에 있는 책을 엄청난 속도로 읽고 나서 더 이상 읽을 것이 없자 진운이 다니는 S대 도서관에 욕심을 보이고 있었다.

　"도서관에? 음, 그래, 가자."

　사실 진운은 레이나 때문에 복학하자마자 가장 먼저 도서관에 외부인이 출입할 수 있는지 알아보았다.

　재학생과 함께 있으면 빌리지 않고 도서관에서 보기만 하는 것은 상관없다는 말을 들었기에 가볍게 승낙했다.

　진운은 학교에 도착한 지 불과 반나절 만에 자신의 이런 선택이 얼마나 어리석은 짓이었는지 깨닫게 되었다.

"굉장한데?"

"진짜 장난 아니다."

도서관 내의 취업 준비생들이 책 보는 시간보다 아이린과 레이나 얼굴 보는 시간이 많다고 할 정도면 더 이상 무슨 말이 필요하겠는가.

당연히 레이나에게 대시하는 남자들도 많았다.

아이린은 아직 어린 티가 나서 그런지 크게 접근하는 녀석은 없었지만, 그래도 워낙에 제국에서도 소문난 미인이었기에 군침 흘리는 녀석은 더러 있었다.

하지만 레이나는 누가 봐도 성인이니 거침없이 들이대는 것이다.

누가 말했던가? 용감한 자가 미인을 얻는다고.

물론 그게 평범한 미인일 경우에나 해당하는 말이긴 하지만, 그걸 모르는 녀석들은 레이나가 잠깐씩 바람 쐬러 나갈 때마다 따라가서는 어떻게든지 작업을 걸었으나 다 헛수고일 뿐이다.

엘프인 레이나는 진실과 거짓을 가려내는 진실의 눈을 가지고 있으니 말이다.

한마디로 온갖 감언이설로 레이나에게 접근해도 그들에게 돌아가는 것은 오로지 싸늘한 레이나의 눈빛뿐이었다.

─피곤해, 정말.

레이나는 집으로 돌아갈 때가 되면 이제 한숨을 쉬는 게 거의 습관이 되어버렸다.

그래도 도서관 오는 것을 멈추진 않는 것을 보면 마법사라는 녀석들이 얼마나 책을 좋아하는지 안 봐도 다 알 수 있는 진운이다.

거기에 아이린까지 책을 좋아하니 진운도 말리진 않았다.

하지만 레이나와 아이린이 도서관을 드나든 지 두 달쯤 되었을까? 묘한 소문이 진운의 귀에 들리기 시작했다.

"들었어?"

"뭘?"

"도서관에 얼음공주 말이야."

"이번에 백 명 채웠다면서?"

"정말? 와! 백 명씩이나 찬 얼음공주도 대단하지만 도전하는 남자들도 진짜 대단하다."

과 여자들이 하는 말을 슬쩍 듣던 진운은 피식 웃어버렸다.

백 명의 남자가 벌써 레이나에게 고백했다가 쓰디쓴 실연의 아픔을 느껴야 했다는 것에 나름 같은 남자로서 애도를 표하는 것이다.

　다 부질없는 짓이라는 것을 잘 아는 진운은 한편으로는 웃음밖에 나오지 않았다.
　진실을 가려내는 눈을 가진 엘프에게 작업을 걸어봐야 통할 리가 없으니 말이다.
　그 어떤 달콤한 말도 레이나와 눈을 마주하는 순간 그 녀석이 최종적으로 원하는 것이 무엇인지 훤히 들여다보는 레이나가 넘어갈 리도 없거니와, 혹시라도 진심으로 좋아한다 하더라도 레이나는 이곳 사람이 아니기에 그녀에게 대시하는 녀석들은 진운의 눈에는 그저 쓸데없는 짓을 하고 있는 걸로밖에 보이지 않았다.
　아무튼 그런 딴생각을 잠깐 하던 진운의 귓가에 조금 흥미로운 말이 들렸다.
　"이번에 학교 킹카가 도전한다고 하더라?"
　"킹카? 킹카가 있었어?"
　"얘는. 알잖아, 박시운 선배 말이야."
　"아, 시운 선배? 그 선배 애인 있잖아."
　"그게… 너만 알고 있어야 해. 응?"
　갑자기 말소리를 줄이는 여학생은 전 세계 사람들이 모두 알고 있는 '이건 비밀인데 말이야~'를 시작으로 이 순간 이미 더 이상 비밀이 아닌 비밀을 말하기 시작했다.
　"얼음공주 때문에 헤어졌대."

“뭐? 시운 선배 여친, Y대 퀸카잖아. 그런데 헤어져?”

“응. 아마 들리는 소문에는 저번 주라고 하던데, 벌써 소문이 자자해. 과연 시운 선배가 얼음공주를 함락할 것인지, 아니면 지금까지 실패한 백 명의 사람 속에 포함될 것인지 말이야.”

“궁금하다.”

남의 불행은 자신에게 행복이라고 했던가?

지금 여학생들은 박시운이라는 학교의 킹카가 레이나를 정복할 것인지 아니면 쓸쓸히 실패할 것인지를 두고 자기들끼리 감 놔라 대추 놔라 하면서 벌써부터 난리법석이었다.

“여자들 수다란 참……”

아마 강의실 뒤에서 작게 말하는 자신들의 대화가 강의실 가장 앞자리에 있는 진운이 듣고 있을 것이라고는 전혀 생각지도 못한 여자들이겠지만 진운은 이야기를 듣고 조용히 자리를 일어나 강의실을 나왔다.

“박시운이라……”

하지만 진운은 별다를 게 없다고 생각하고 가볍게 무시해 버렸다.

그런데 며칠이 지났을까?

학교에 또 다른 소문이 돌기 시작했다.

"얼음공주가… 시운 선배랑 잤다고 하더라."

"아니야. 내가 듣기로는 임신까지 했다던데?"

"아니야. 난 낙태했다고 들었어."

갑자기 레이나가 박시운의 여친이 되어버렸고, 거기다 더불어 임신에 낙태까지 했다는 말이 공공연하게 떠돌아다니는 것이다.

대부분이 여자들의 입에서 입으로 전해지는 소문이긴 했지만 여학생이 가장 많은 비율을 가진 영문과의 진운의 귀에 들어오는 것은 불과 며칠 걸리지 않았다.

당연히 그 말을 들은 진운은 헛웃음밖에 나오지 않았다.

"며칠 만에 임신하고 낙태까지 하는 게 가능하다고 보냐. 나 참."

본래 소문이라는 게 믿을 게 못 되는 것이긴 하지만 이번 소문은 진운이 듣기에도 너무나 황당하면서도 악의적이라는 느낌이 강하게 들었다.

불과 며칠 전까지 다른 여자를 사귀던 녀석이 며칠 뒤에는 레이나가 임신한 것 때문에 전 여친과 헤어진 것처럼 소문이 변해 버린 것이다.

그것도 마치 잘 짜인 각본의 아침 드라마를 보는 것처럼 말이다.

그런데 레이나의 무반응이 오히려 지금 소문을 더욱 키우고 부채질하고 있는 중이었다.

레이나는 진운과 소지훈, 김미영 등은 가족이라는 테두리 안에 두고 있기에 살갑게 대하는 편이지만 그 외의 사람들에게는 거의 알래스카 찬바람보다 더 차가운 태도를 보였다.

특히나 엘프답게 거짓에 대해서는 말할 가치조차 없다는 식으로 대꾸조차 하지 않는 성격이다 보니 소문이 커지는 것은 어쩌면 당연한 수순이었다.

하지만 아무리 소문이라도 퍼지고 변질되는 것에는 한계가 있는 법인데,

"얼음공주랑 박시운 선배… 몇 년 동안 동거했다나 봐. 얼음공주가 박시운 선배를 못 잊어서 한국까지 찾아왔다고 하더라."

"정말?"

"응, 진짜야. 내 친구에 친구에 친구에 친구가 직접 얼음공주한테 들었대."

진운이 듣기에는 신빙성이 확 떨어지는 말이지만 가만히 듣던 진운의 눈빛이 변했다.

"고의적이군."

불과 며칠 만에 퍼진 소문치고는 너무나 앞뒤가 잘 맞아떨어지고 있었던 것이다.

마치 레이나의 현재 상황을 알고 있는 듯 교묘하게 레이나가 모르는 상태에서 학교에서만 소문이 퍼지고 있었다.

처음에는 진운도 그냥 그러려니 하고 넘길 생각이었는데 오히려 소문이 커지고 스토리까지 생기자 생각을 달리하게 됐다.

사실 이런 소문의 진원지는 안 봐도 뻔했다.

"박시운이라……."

진운은 박시운의 이름을 되뇌면서 사람들이 느끼지 못하도록 조용히 강의실을 빠져나왔다.

그리고 도서관을 향해 걸어갈 때쯤 누군가 진운의 앞을 가로막았다.

"……?"

진운은 처음 보는 남자가 자신의 앞을 막자 물끄러미 쳐다보았다.

"선배가 정진운 선배인가요?"

뭐 레이나와 아이린에 밀리는 감은 있지만, 나름 진운도 학교 내에서 유명했기에 진운은 고개를 끄덕였다.

"얼음공주와 사귀는 사이 맞습니까?"

"응?"

진운은 다짜고짜 레이나와 사귀냐는 말에 잠깐 먼 산을 보고 나서 다시 녀석을 쳐다보고서는,

“네가 박시운구나?”

단번에 진운은 자신의 길을 막은 녀석을 알아보았고, 녀석도 순순히 고개를 끄덕였다.

확실히 진운의 눈으로 봐도 박시운은 잘생긴 얼굴에 남자다운 분위기도 있고, 또한 덩치도 어느 정도 있어서 듬직한 멋이 있어 보였다.

듣자하니 통학하는데 기본 1~2억인 스포츠카 람보르기니를 타고 통학할 정도면 집안에 돈이 얼마나 많은지는 대충 짐작이 되고도 남았다.

여자들이 보기에 좋은 남자를 떠나 확실히 욕심이 나는 남자이긴 했다.

“네, 제가 박시운입니다, 선배.”

말은 평상시대로 하지만 눈동자가 진운을 향해 도전적인 모습을 보이는 것을 보니 레이나와 진운의 사이를 어느 정도는 알고 있는 듯했다.

“내가 왜 대답해 줘야 하지?”

진운은 사실 이런 녀석들은 귀찮았기에 무시하려고 했다.

하지만 찰거머리같이 진운 앞을 막으면서 버티는 박시운은 어떻게든지 진운의 입에서 사귀는 사이가 맞는지 알고 싶어 했다.

진운은 어깨를 으쓱하고 말했다.

"같이 살아. 이럼 대답이 됐지?"

같이 사는 것은 맞기에 대답하자 박시운은 돌연 씨익 웃었다.

그리고는 정중하게 진운에게 고개 숙여 인사하고는 그대로 사라져 버렸다.

"……."

확실히 소문으로 듣던 것과는 조금 다른 것 같았지만, 진운은 이상하게 방금 박시운이 지어 보인 웃음이 마음에 걸렸다.

그리고 다음 날이 되자 진운의 귀에 레이나에 대한 소문의 최종판이 들려왔다.

"들었어?"

현재 레이나를 지칭하는 얼음공주에 대한 소문은 S대를 뜨겁게 달구는 핫 이슈 중의 하나였기에 금방 진운의 귀까지 새로운 소문이 들렸다.

"저기 복학한 진운 선배 있지?"

진운은 자신의 이름이 나오자 슬쩍 귀에 마나를 집중했다.

지금까지 한 번도 레이나에 대한 소문에서 자신의 이름이 나온 적이 없었으니 말이다.

“진운 선배가 유학하다가 그만둔 게 다 얼음공주 때문이
래.”

“정말?”

“…….”

여자들의 이야기를 듣던 진운은 이번에는 정말 할 말을 잃
어버렸다.

거기다 진운이 호주에서 학교를 도중에 그만둔 것도 어떻
게 알았는지 교묘하게 소문 속에 포함되어 있었다.

“얼음공주가 시운 선배를 찾아 한국으로 오니까 진운 선배
도 유학 중이던 학교를 때려치우고 복학했다나 봐.”

“어쩜……. 그럼 뭐야? 삼각관계네?”

“그렇지.”

진운은 여자들의 이야기를 듣다가 그제야 어제 박시운이
마지막에 자신에게 보인 미소가 뭔지 이해가 되었다.

박시운은 진운과 레이나가 사귀는 사이인지 아닌지를 먼
저 확인할 필요가 있었던 것이다.

그래야 자신이 퍼뜨리는 소문이 더욱 파괴력을 가질 테니
말이다.

레이나만 가지고 소문을 퍼뜨린다면 진운은 맡겨둘 생각
이었다.

솔직히 무력만 따지면 진운에게도 밀리지 않는 게 바로 레

이나였으니 그녀가 스스로 알아서 정리하도록 일부러 가만히 있었다.

하지만 오늘의 소문으로 더 이상 진운도 가만히 두고 볼 수 없게 되어버렸다.

씨익~

아무도 몰래 창가를 바라보면서 입가에 미소를 지은 진운은 오늘도 조용히 강의실을 빠져나갔다.

—어쩔 생각이야?

레이나도 자신을 중심으로 소문이 돌고 있다는 것을 알고 있었다.

하지만 이곳의 학생이 아니기에 그냥 무시했던 것이다.

차라리 그런 소문에 반응할 시간에 책 한 권 더 읽는 것이 냉정하게 따져 보면 레이나에게 이득이었으니 말이다.

그런데 이번에는 레이나도 가만히 있지 못하겠는지 진운에게 입을 열었다.

"뭘?"

—알고 있는 거 다 알아. 나랑 그 박시운인가 하는 녀석이랑 벌써 애만 열 명을 낳았다고 소문이 돌고 있던데.

"크크큭, 열 명? 크크큭, 웃기네, 그거."

진운은 레이나의 말에 진심으로 웃었다.

하지만 레이나는 오히려 표정을 차갑게 하면서,

―뭐, 나에 대한 거라면 나도 크게 관여하지 않을 생각이지만… 이번에는 좀 심했어. 진운의 이름까지 나오다니 말이야.

엘프들은 자기 자신에 관해서는 웬만하면 무반응을 보이는 반면, 일족이나 친구의 일에는 유난힌 민감한 반응을 보이는 편이다.

보통 엘프들이 그런데 레이나는 그런 엘프들을 이끌고 보호할 운명을 가지고 태어나 살아가던 하이엘프였기에 진운의 이름이 나오자 이처럼 발끈하는 것이다.

"모략가 타입이네요, 박시운이라는 남자."

"모략가?"

―모략가?

조용히 이야기를 듣기만 하던 아이린이 돌연 입을 열자 레이나와 진운이 동시에 돌아보았다.

그곳에는 큰 눈을 반짝이는 아이린의 눈동자가 보였다.

"네, 심리를 이용해서 자신은 크게 힘을 쓰지 않고서 상대를 제압하는 그런 타입의 사람이에요."

왠지 잘 아는 듯한 아이린의 말에 진운이 흥미로운 듯 쳐다보자,

"그렇게 놀라울 것 없어요. 배반자인 그랜트 자작이 이 녀

석과 똑같은 방법을 사용했거든요.”

진운과 레이나는 모르고 있지만 사실 아이린은 박시운처럼 소문을 이용해서 사람의 심리를 흔들어 자신이 원하는 목적을 이루는 녀석들에게 너무나도 익숙했다.

특히 철천지원수이자 배신자인 그랜트 자작이 딱 지금 박시운과 같은 짓을 했으니 단번에 알아본 것이다.

“음, 모략가라…….”

진운이 잠시 생각하는 듯하자 아이린은 슬쩍 웃으면서,

“하지만 지금 정작 애가 닳아 있는 쪽은 박시운이라는 녀석일 거예요.”

“그건 또 왜 그렇지?”

진운은 의외로 박시운이 애가 닳아 있을 것이라는 아이린의 말에 궁금한 듯 물어보자 그제야 아이린은 레이나 곁으로 가까이 다가왔다.

“의외로 간단해요.”

―간단해?

“네. 사실 레이나 언니가 엘프가 아닌 보통 사람이었다면 아마 소문에 진운까지 포함하지 않았을 테니까요.”

진운은 그 말을 이해하지 못하고 갸웃거렸다.

“생각해 보면 참 단순한 거예요. 만약에 진운은 어느 날 갑자기 모르는 여자가 자신의 아이를 가지고 있다는 소문이 돌면 어떻게 하겠어요?"

"음……."

진운은 아이린의 질문에 잠깐 생각해 보더니 대답했다.

"아마 직접 소문의 여자를 찾아갔겠지."

진운의 대답을 들은 아이린은 손뼉까지 치면서,

짝~!

"맞아요. 바로 그거예요. 만약에 레이나 언니가 보통의 사람이라면 소문이 돌자마자 보이는 행동은 두 가지일 거예요. 하나는 직접 박시운을 만나러 가든가, 아니면 학교를 나오지 않든가 말이죠."

"하긴……."

진운이 생각해도 아이린의 말이 맞을 가능성이 높았다.

다만 레이나만 고개를 갸웃거리면서 왜 자신이 박시운을 찾아가야 하는지, 어째서 자신이 학교를 나오지 않아야 되는지 전혀 이해 못하는 듯했지만 말이다.

그리고 그런 레이나를 가만히 바라보던 아이린은 웃으면서,

"바로 이거예요. 아마 박시운이라는 녀석은 지금까지 이런식으로 교묘하게 소문을 퍼뜨리고 조작해서 여자들을 하나씩자기 것으로 했을 가능성이 높아요. 소문이 너무 빨리 퍼지는점, 그리고 소문이 마치 실제 있었던 일처럼 짜임새가 있다는

것을 보면 말이죠."

아이린의 말을 듣던 진운도 그 부분에서는 고개를 끄덕였다.

물론 소문을 누가 퍼뜨렸는지는 소문을 듣자마자 알게 되었지만 말이다.

"그런데 이번에 레이나 언니는 전혀 뜻밖의 반응을 보인 거예요. 지금까지 여자에게는 치명적인 소문인 임신과 낙태라는 소문까지 돌고 있는데도 반응은커녕 아예 무시하기까지 했으니까요."

진운은 그 말을 듣고서야 이해가 되었다.

즉, 박시운은 본래 진운까지 소문에 포함할 생각이 없었던 것이다.

하지만 레이나가 너무 무관심하고 소문이 돈 지 며칠이 지나도록 반응이 없었기에 조바심이 났다.

그래도 계속해서 소문을 퍼뜨려 진행하던 중, 레이나와 같이 있는 진운의 모습을 자주 보고 그까지 끌어들이기로 한 것이다.

한마디로 레이나가 누군가와 사귀든 말든 자기가 찍은 여자는 무조건 자기 것이 되어야 한다는, 지극히 이기적인 박시운의 성격이 그대로 드러난 것이라고 할 수 있었다.

"그럼 내가 어떻게 해야 할까?"

　진운은 몇 개월 만에 자신의 의견을 자신있게 말하는 아이린의 모습이 보기 좋아서 일부러 슬쩍 해결책까지 물어보았다.

　"방법은 몇 가지 있지만 그중에 하나는 진운과 레이나 언니가 공식 커플인 것을 학교 전체가 알 수 있을 만큼 확실한 증거를 보이는 것과, 또 하나는 가장 간단하면서도 편한 방법이 있죠."

　그러면서 아이린은 자신의 작은 손을 말아 쥐면서 어설픈 주먹을 쥐어 진운 앞으로 내밀었다.

　"추천하진 않지만 진운이라면 뭐 저런 녀석 하나 죽이는 거야 아무것도 아니니 가장 편한 방법이에요."

　지극히 아이린다운 생각이긴 했다.

　길 가다가 마음에 들지 않으면 칼 들어 사람 죽이는 게 일상인 대륙에서 살다 온 생활이 몇 달 만에 금방 지구에 익숙해질 리가 없으니 말이다.

　특히나 아이린은 뒤에서 혓바닥을 놀려서 사람을 농락하는 녀석들을 극도로 싫어하니 박시운에 대한 아이린의 평가는 거의 바닥이었다.

　간단하게 진운이 나서서 조용히 박시운을 죽여서 파묻어 버리라는 것이다.

　물론 진운도 그런 생각을 안 해본 것은 아니다.

하지만 법이라는 것이 올가미가 되는 이곳의 성격과 나름 돈 좀 있는 집안의 녀석으로 보이는 박시운이 학교 전체를 떠들썩하게 만드는 소문이 한참 돌고 있는 와중에 갑자기 사라진다면 누가 봐도 진운과 레이나를 의심할 것이 당연했기에 지금 당장은 아니었다.

"이대로 그냥 두면 내일쯤이면 저까지 소문에 포함될 걸요?"

아이린은 자신의 추측을 말하고 있었지만 놀랍게도 그 시각 박시운은 아이린까지 이미 포함한 소문의 시나리오를 짜고 있는 중이었다.

결국 비슷한 녀석들은 생각하는 것도 비슷했는지 아이린의 추측이 틀리진 않은 것이다.

그냥 놔두고 무시하기에는 점점 도를 넘어서는 박시운의 행동이었기에 말 나온 김에 확실히 뭔가 조치를 취해야 했다.

"음……."

아이린은 자신의 말을 듣고 진운이 깊게 생각하는 모습에 내심 기분이 좋았다.

사실 진운과 레이나는 편하게 아이린을 대하고 있지만, 정작 아이린 본인은 그러지 못했다. 정확하게 말하면 아이린은 현재 더부살이 중이다.

그것도 기사인 본이 억지로 진운에게 떠맡긴 업둥이 같은 상태였고, 아이린의 머리가 그 정도는 쉽게 간파하고 스스로 생각할 만큼 좋다는 게 지금까지 기가 죽어 있던 이유다.

사실 아이린은 진운을 가르친 스승이 레이나라는 말에 지금까지 살아오면서 가장 크게 놀라워했다.

전투 엘프라는 별명이 있는 하이엘프는 종족의 보호를 위해서 죽을 때까지 투쟁한다고 알려져 있기에 엘프가 인간에게 무언가를 가르쳐 준다는 것은 있을 수 없는 일이다.

물론 엘프와 인간이 친구로 지내는 경우도 대륙에서 가끔이지만 아주 없는 것은 아니었다.

그 증거로 아이린도 자신의 선조 중의 한 분이 여행 중인 하이엘프를 한번 도와준 적이 있었기에 약속의 언어를 알고 있었던 것이다.

하지만 결코 엘프는 자신의 일에 인간을 끼어들게 하는 것을 좋아하지 않았다.

그만큼 엘프와 인간의 사이가 나쁜 편이기에 레이나가 진운을 가르쳤다는 말을 쉽게 믿을 수가 없었다.

하지만 레이나와 진운이 대련하는 모습을 보고는 믿을 수밖에 없었다.

묘하게 레이나와 진운의 움직임이 비슷했으니 말이다.

물론 검을 모르는 아이린이지만 수시로 본이 수련하는 것을 봐온 경험 때문인지 비슷한 느낌을 받은 것이다.

거기에 진운이,

"맞아. 정확하게 말하면 레이나가 내 스승이야."

라고 말뚝까지 박아버렸다.

아이린이 보기에 마스터인 진운이 뭐가 아쉬워서 엘프를 스승으로 인정하겠는가?

사실이니 그렇게 말한다고 받아들였다.

아무튼 레이나는 마법도 마음대로 사용하고 마스터인 진운을 가르칠 만큼 검술도 뛰어났다.

거기다 음식도 잘하는 편이다. 그나마 못하는 게 있다면 집안 청소 정도인데, 그것도 귀찮아서 안 하는 것일 뿐이지 클린 마법으로 청소를 대신하기에 거의 완전하다고 해야 했다.

그리고 진운이야 더 이상 무슨 설명이 필요하겠는가?

대륙에서 살아가는 남자라면 누구라도 꿈꾸는 마스터가 바로 진운이다.

남자가 나라를 이끄는 대륙에서 살아온 아이린의 사고방식으로는 진운이 마스터라는 점에서 이미 설명은 끝난 것이다.

거기다 지금까지 본 적도 없는 차원 마법이라는 것까지 사용하는 진운이다.

자신의 고향으로 돌아오는데 차원 마법까지 사용하는 진

운의 모습에 완전히 기가 죽어버린 것이다.

더부살이에 억지로 맡겨진 아이린은 당연히 그 둘 사이에서 기가 죽을 수밖에 없었다.

그나마 똑똑한 머리가 유일한 장기였는데 그것조차 하이엘프와 마스터 앞에서는 그저 말재주에 불과할 뿐이니 말이다.

이곳은 지구라는 곳으로, 아이린이 전혀 모르는 곳이다.

언어조차 완전 낯선 이곳에서 아이린은 당장 적응하는 데만 자신의 모든 것을 쏟아부었다.

진운과 레이나가 아이린을 편안하게 대하긴 하지만 아이린 본인이 불편한 이상, 편할 수도 편할 리도 없었다.

진운과 레이나에게 뭔가 도움이 되고 싶은 마음은 간절했지만 개개인만 놓고 봐도 웬만한 왕국 하나는 들었다 놨다 할 능력자들이니 말이다.

귀족으로 살아온 아이린은 자신의 가치가 살아가는 하나의 중심이다.

그러다가 이번 소문을 기회로 끼어들게 되었고, 진운도 은근히 아이린의 말을 일부러 들어주었다.

아이린의 마음을 알고는 있지만 본래 타인의 감정이나 마음을 함부로 건드리는 것은 바보 같은 짓이란 걸 진운 스스로가 잘 알고 있기에 그동안 가만히 둔 것일 뿐이다.

하지만 막상 소문의 이유와 결과는 나왔는데 마땅한 해결책이 없다는 것이 문제이긴 했다.

"죽이지는 못해. 하지만 이대로 놔둘 수도 없어."

―대화로 설득하는 건 안 되겠지?

레이나가 한마디 하자,

"절대로 불가능해요."

"나도 같은 생각이야."

진운과 아이린이 함께 일말의 가치조차도 없다고 잘라 말하자 레이나도 쿨하게 포기해 버렸다.

―아니면… 그거 어때?

"응?"

레이나는 말하는 도주에 갑자기 뭔가 번뜩이는 것이 있었는지 입가에 미소를 지으면서 진운과 아이린을 향해,

―그거 있잖아. 바보 만들기.

"바보… 만들기요?"

아이린은 레이나가 하는 말이 무슨 뜻인지 모르는 듯 진운을 빤히 쳐다보았다.

"바보 만들기라니?"

순간 레이나가 뭘 말하려는지 알 길이 없어 진운이 고개를 갸웃거리자,

―기억 안 나? 포란트 왕국을 지나갈 때 길 막았던 그 기사

말이야.

"아, 그 녀석?"

진운은 기억 한쪽 깊숙이 잊고 지내던 것을 레이나의 말을 듣고서야 겨우 끄집어냈다.

"음, 뭐 불가능한 건 아닌데……."

확실히 그 당시 진운은 기사를 죽이겠다는 생각으로 후려친 것이 아니니 박시운도 그렇게 만들 수는 있었다.

─그럼 뭐 그렇게 해야지. 미친놈으로 만드는 게 가장 확실하지 않아?

레이나는 지금 박시운을 바보로 만들자고 말하고 있는 것이다.

그러자 아이린도 눈치껏 바보 만들기가 뭔지 알아채고는,

"죽이는 게 껄끄럽다면 레이나 언니의 말대로 하는 것도 나쁘진 않아요."

"마땅히 다른 방법도 없으니까 그러지, 뭐."

지금 이 순간 박시운의 운명이 결정되어 버렸다. 그것도 미친놈으로 평생 살아가야 할 운명으로.

본래 박시운이 살아야 할 운명에서 한참 벗어나 버리는 것이다.

─도와줘?

“아니, 뭐하러 번거롭게 여럿이 다니겠어.”

마치 앞에 있는 슈퍼마켓 다녀오는 듯한 진운의 말투에 레이나는 가볍게 고개를 끄덕였다.

아이린도 마찬가지로 주억댔다.

마스터가 하겠다고 한 이상 누가 막겠는가? 아이린은 아주 잠깐이지만 박시운이라는 녀석의 재수없는 운명에 기도를 해 주었다.

Chapter 06
성질대로 하자

　그 후로 진운은 레이나와 아이린을 공간이동으로 집에 데려다 주고서 혼자 다시 학교로 돌아왔다.

　자주 가야 하는 곳은 좌표를 외우고 있었고, 집과 학교만큼은 앞으로 자주 다녀야 하니 진운 혼자 공간이동 해도 문제가 없었기에 두고 온 것이다.

　"그럼 슬슬 어슬렁거려 볼까?"

　진운은 헤어지기 전에 아이린이 말했던 대로 학교를 아무 목적 없이 배회하기 시작했다.

　아이린의 예상이 맞아떨어진다면 지금 박시운에게 가장

거슬리는 존재는 바로 진운이었다.

그리고 어떻게든지 진운을 떨어져 나가게 해야 하는 상황에 학교를 돌아다니는 것을 본다면 분명히 먼저 다가올 것이라고 해서 지금 이렇게 그냥 마냥 걷고만 있는 것이다.

그 말을 증명하듯 30분 정도 학교를 걸었을까?

"후후훗."

진운은 슬쩍 낮게 웃으면서 슬쩍 사람이 없는 곳으로 발길을 돌렸다.

조금 전부터 자신의 뒤를 따르는 기척을 느낀 것이다.

마스터의 감각으로 살피자 그 기척은 박시운이 분명했다.

'물었군.'

미끼를 물었다면 이제 낚는 일만 남았다.

천천히 사람도 CCTV도 없는 아주 한적하고 으슥한 곳으로 계속 걷기만 하면 되었다.

저벅저벅.

그리고 박시운도 천천히 진운의 뒤를 밟으면서 마치 미행하는 듯 교묘하게 진운의 뒤를 따르고 있었다.

만약에 진운이 마스터가 아니었다면 박시운이 미행하고 있다는 것을 알아차리는 데 한참을 애먹었을 만큼 솜씨가 보통이 아니었다.

뭐 어떻게 말하면 그만큼 여자에 대한 집착과 집중이 좋다고 할 수도 있지만 나쁜 쪽으로 재주를 발달시켰다는 게 박시운에게는 결국 불행이었다.

"……?"

그렇게 천천히 교정을 벗어나 학교 뒤쪽의 야산 입구에 다다랐을 무렵 갑자기 진운의 감각에 걸리는 사람의 숫자가 늘어났다.

"여섯이라……."

느껴지는 기척이 잘 정련된 느낌을 받았다. 학생이 아닌 전문가에 가까운 기세였다.

그러나 어차피 진운에겐 별 차이가 없다. 하나든 열이든, 백 명이라도 그저 숫자 차이일 뿐이다.

저벅저벅, 저벅저벅.

그렇게 한참을 더 걷고 걸어서 야산을 넘어가고 나서야 진운은 걸음을 멈췄다.

"이 정도면… 웬만한 비명이라도 안 들리겠지?"

언덕을 넘어버렸으니 웬만한 비명 소리 정도는 언덕이 막아줄 것으로 생각한 진운은 걸음을 멈추고 몸을 천천히 돌렸다.

"뒤따라오고 있는 거 알고 있으니까 나와."

그러자 언덕 끝에 있던 박시운과 그 옆에 검은 슈트를 입은 건장한 남자들이 모습을 드러냈다. 그들이 천천히 걸어와 능숙하게 진운을 둘러싸 버렸다.

"키키킥, 선배, 너무 고마워서 어쩌죠? 굳이 내가 수고하지 않아도 제 발로 이런 좋은 곳으로 데리고 와주다니 말이에요."

"훗~"

진운은 진하게 입가의 미소를 띠면서 다가오는 박시운을 보고서 작게 실소를 터뜨렸다.

"교육이 좀 필요하겠군."

진운의 옆에 있던 가장 어깨가 크고 키가 큰 검은 슈트 녀석이 나직하게 말했다.

스윽~

진운은 그 말에 고개를 슬쩍 돌렸다. 지금까지 진운이 올려 다본 적이 별로 없었는데 이 녀석만큼은 살짝 올려다봐야 할 만큼 키가 컸다.

거기다 무슨 프로레슬링 선수를 했는지 슈트가 찢어지지 않을까 걱정될 만큼 딱 달라붙은 옷차림으로 몸의 근육을 고 스란히 보여주기까지 했다.

"음, 그럼 우선 말 잘 듣게 교육부터 할까?"

레슬러 같은 검은 슈트 녀석의 말을 들은 박시운이 잠시 고민하는 척하더니 슬쩍 뒷걸음질로 몇 걸음 물러났다.

"선배, 아무래도 대화를 위해 서로 알아가는 시간이 필요한 것 같아서요.”

그렇게 말하고는 턱을 슬쩍 옆으로 비틀어 들자,

우드득우드득.

까각까각, 까까까각.

진운의 앞뒤에서 합창을 하듯 관절 푸는 소리가 들렸다.

천천히 진운의 곁으로 다가오는 여섯 명의 검은 슈트는 입가에 미소를 지어 보이면서 진운을 바라보았다.

“너 같은 평민이 도련님과 같은 공기를 마시는 것조차도 감사해야 할 것이다. 크크큭.”

대륙의 기사들이나 할 법한 말을 지껄이면서 목덜미를 잡으려는 녀석을 슬쩍 본 진운은,

씨익.

천천히 입술이 쪼개 웃었다.

지금까지 본 적이 없을 만큼 가장 깊은 미소였다.

“교육 좋지. 아주 좋아.”

그 말과 함께 진운은 멱살이 잡혔다.

그렇게 멱살이 잡히는 순간 진운의 눈앞에 시커먼 것이 하늘로 치솟았다.

부웅~

쿵!

“……!!”

"……!!"

정말 찰나의 순간이었다.

가장 덩치가 크고 강한 녀석이 진운의 멱살을 잡는 순간, 그의 손이 빠르게 멱살을 잡은 검은 슈트 녀석의 손 위에 살며시 올려졌다.

끼릭~!

무언가 어긋난 듯한 거친 소리가 울렸다.

진운의 앞에서 기세 좋게 멱살을 움켜쥐던 검은 슈트 녀석은 바닥에 패대기쳐져 개구리마냥 바들바들 떨면서 게거품까지 물고 있었다.

"왜 그리 놀래? 합기도 처음 봐?"

진운은 주춤거리는 나머지 다섯 명의 검은 슈트를 보면서 나직하게 말했다.

"고수다!"

단 한 번이지만 손목만 움직여서 120kg이 넘는 거구를 가뿐하게 공중에 들어 올렸다 메다꽂은 진운의 모습에 다들 잔뜩 긴장한 것이다.

그리고는 서로 눈빛을 교환하더니,

척!

품에서 손바닥만 한 길이에 작은 검은 것을 꺼내더니,

딸각!!

하는 소리와 함께 스위치를 누르자,

치치치치치치치치치칙!!

번쩍이는 스파크가 대낮에도 눈에 보일 만큼 고압 전류가 흐르기 시작했다.

일반적으로 흔히 볼 수 있는 손바닥 길이 정도의 전기충격기는 원한다면 인터넷으로도 쉽게 구할 수 있었다.

하지만 검은 슈트 녀석들이 꺼내 든 모양부터 확연히 다른 전기충격봉은 사정이 완전히 달랐다.

우선 모양부터가 위협적이었다.

일반적인 전기충격기는 여성들이 주로 쓰는 호신용이기에 작고 손에 잡기 쉽게 만들어져 있다.

그런데 지금 진운을 둘러싸고 있는 검은 슈트 녀석들이 꺼낸 것은 3단으로 길이가 늘어나는 전기충격봉이었다.

전기충격만이 아니라 사용하기에 따라 얼마든지 무기가 되는 것이다.

"크크큭, 크크큭."

전기충격봉을 꺼내 든 검은 슈트 녀석들은 벌써부터 이미 이긴 것이나 다름없다고 생각하는지 방금 한 녀석이 허공을 날아 땅바닥에 패대기쳐진 것도 잊어버린 듯 긴장이 풀린 얼굴이었다.

"전기충격이라……."

진운도 설마 전기충격봉까지 꺼낼 줄은 생각지 못했다가 이것만큼은 여유를 부리면 안 되겠다고 속으로 다짐했다.

마스터도 사람인지라 솔직히 전기충격에는 어떤 반응을 보이는지 경험이 없기도 하지만, 굳이 이곳에서 전기충격의 짜릿한 맛을 느껴보고 싶지는 않았기 때문이다.

그런데 긴장하던 진운은 오히려 전기충격봉을 보고는 좋은 생각이 떠올랐는지 슬쩍 웃더니,

파앗!!

진운의 몸에서 보이지 않는 마나의 진동이 터져 나갔다.

마치 커다란 종을 치면 그 울림이 사방으로 퍼져 나가듯 그의 몸에서 터진 마나는 순식간에 검은 슈트 녀석들을 뚫고 지나가 버렸다.

그리고 천천히 손을 들어 바로 앞에 있는 녀석의 손에서 전기충격봉을 그대로 잡아채 버렸다.

"……?"

뒤에서 이 모습을 지켜보던 박시운은,

"야! 뭐야? 왜 그걸 뺏겨!! 병신같이!!"

진운이 느리게 손을 뻗어 전기충격봉을 가져가는데도 꼼짝도 하지 않고 있다가 빼앗기는 모습을 봤으니 화를 낼 만도 했다.

하지만 그게 끝이 아니었다.

“다섯 개. 이게 전부인가?”

마치 어린애 손에서 사탕을 빼앗는 것보다 더 쉽게 검은 슈트 녀석들의 손에서 전기충격봉을 빼앗은 진운은 두 개를 땅에 놓더니,

파삭!! 파삭!! 파삭!!

나머지 세 개의 전기충격봉을 맨손으로 부숴 버렸다.

“헉!!”

이쯤 되자 박시운도 뭔가 잘못 돌아가고 있다는 것을 느낀 건지 슬그머니 뒷걸음질을 치려고 발걸음을 떼었다.

스윽……!

진운 몰래 뒷걸음을 떼려고 하는 그 순간 진운과 눈이 딱 마주쳐 버렸다.

“어딜 가게?”

“헉! 선배, 그게… 급한……!”

진운에게 말하면서 걸음을 옮기려던 박시운은 그대로 자신의 몸이 굳어버리는 것을 느끼고서는 놀라서 고개를 움직이려고 했다.

하지만 고개는커녕 눈동자를 움직이는 것 빼고는 완전히 굳어버리더니, 마치 커다란 거미줄에 묶여 있는 것처럼 몸이 전혀 말을 듣지 않았다

“넌 조금만 기다려. 곧 심도 깊은 대화를 좀 나눠보자구.

후후훗."

꿀꺽.

지금 이 순간 박시운은 진운의 입가에 그려진 미소가 세상의 그 어떤 것보다 무섭게 다가왔다.

그리고 뒤이어 진운이 하는 행동을 보고는 자신도 모르게 오줌까지 지리고 말았다.

치익!!

"끄엉어억!!"

진운은 전기충격봉을 그대로 검은 슈트 녀석들 왼쪽 가슴에 찔러 버린 것이다.

부르르, 부들부들.

일반적으로 허벅지나 엉덩이에 찔려도 온몸이 마비되는 게 전기충격이다.

그런데 그걸 심장이 있는 곳에 찔러 버린 것이다.

부르르, 부르르, 털썩.

첫 번째로 심장에 전기충격을 받은 녀석이 한참을 게거품을 물면서 떨다가 곧 움직임을 멈춰 버리자,

"음, 즉사할 수도 있겠구나. 이걸로."

진운은 그저 전기충격으로 심장 가까이 직접 찌르면 즉사할 수도 있다는 것을 처음 알았다는 듯 무표정한 모습이었다.

덜덜덜.

한순간에 완전히 역전되어 버린 상황도 모자라 방금 동료 하나가 죽어버린 것을 직접 목격한 나머지 검은 슈트들은 살기로 인해 온몸이 마비가 되었음에도 어깨가 흔들릴 만큼 떨어대기 시작했다.

"그럼 다음."

치익!!

"끄아앙악!!"

일말의 자비도 망설임도 없이 그렇게 다섯 명의 검은 슈트 전원의 심장 쪽에 전기충격봉을 찔러 넣은 진운은 그중에 한 녀석을 빼고 네 명이 충격에 심장이 멈춰 버린 것을 보고는,

"전기충격봉도 나름 좋구나."

순수하게 그 위력에 감탄했다.

그리고는 아직 살아 있는 녀석의 목에 발을 올리더니,

우지끈!!

털썩.

목을 밟아 부러뜨려 버렸다.

진운의 무력시위는 거기서 그치지 않았다.

박시운의 곁으로 가는 도중에 가장 처음 진운의 손에 바닥에 나가떨어진 녀석의 목도 친절하게 밟아서 부러뜨려 주는 것을 잊지 않았던 것이다.

치익!! 치치칙!!

　그렇게 박시운의 곁으로 다가온 진운은 전기충격봉의 스위치를 켜 눈앞에서 흔들어대면서,

　"교육이 참 필요하다. 그렇지?"

　"서, 서, 선배, 이러면… 안 되잖아… 요."

　"응?"

　박시운의 말에 진운은 잘 모르겠다는 듯 손을 귀에 슬쩍 대면서 귀를 가까이 대자,

　"서, 선배, 사, 살려주세요. 제발… 살려주세요."

　바로 방금 전까지 자신이 데리고 다니던 경호원 여섯 명을 마치 길을 걷다 장난 삼아 개미를 밟아 죽이듯 목을 밟아 부러뜨린 진운이다.

　당연히 박시운의 머릿속에는 살고 싶다는 생각만 가득했다.

　일반적인 위협이 아니라 실제로 사람을 눈앞에서 죽이는 모습에 박시운의 이성은 이미 저 멀리 안드로메다로 날아가 버린 상태였고, 살려는 본능만이 남아 있다.

　"그렇게 떨 것 없어. 넌 죽이진 않기로 결정했거든."

　"서, 선배, 감사합니다. 절대로… 입을 다물겠습니다."

　우선 진운이 죽이지는 않는다는 말에 박시운은 눈물까지 흘리면서 진운에게 감사하다는 말을 계속했다.

　살기로 인해 몸이 굳어버려서 눈동자와 입을 제외하고는

움직이는 게 없으니 어쩔 수 없었다.

"하지만… 사람 새끼는 절대로 믿을 게 못 된다고 누가 그랬거든."

"서, 선배, 그게 무슨 말입너까? 절대로, 절대로 오늘 일은 발설하지 않을 겁니다."

갑자기 진운의 말이 바뀌자 당황하면서 사정하기 시작하는 박시운의 얼굴을 보던 진운은,

"뭐, 화장실 들어갈 때와 나올 때 다른 게 인간이니 말이야. 나도 그냥… 안전장치 하나 할 테니까 너무 그렇게 겁먹지 마."

톡톡.

진운은 최대한 공포스럽게 박시운의 눈동자를 쳐다보면서 볼을 손가락으로 건드리자,

주르륵주르륵.

두 번째로 박시운의 사타구니에서 비릿하면서도 뜨끈한 연기가 피어올랐다.

"이런, 이 정도에 지리면 쓰나. 남자가 말이야."

본래 모략가들이 겁이 많다는 말이 있는데 박시운도 그 범주에서 벗어나지 못하는 듯했다.

"겨우 이딴 녀석이 킹카라는 허울과 돈이라는 권력을 앞세워서 제멋대로 활개치고 다니는 세상이라니. 참… 한심하다.

그치?"

진운이 하는 말이 어떤 의미인지 알고 있었지만, 박시운은 그가 무슨 말을 하던 무조건 고개를 끄덕일 뿐이다.

혹시라도 고개를 저으면 당장 죽일 것만 같았으니 말이다.

인간이 가장 크고 깊게 느끼는 공포라면 단연 죽음의 공포다.

죽음 앞에서는 그 어떤 사람도 바보가 되어버린다.

그렇기에 고문을 받는 것도 훈련하는 것이다.

원초적인 공포를 미리 겪어서 그것에 익숙해져 버티기 위해서 말이다.

하지만 박시운은 그저 대학생일 뿐이다.

태어나서 지금까지 세상이 자신을 중심으로 돌아가는 걸로 알고 살아온 대학생 말이다.

거기다 뒤에서 소문이나 퍼뜨리고 자기 맘에 들면 수단과 방법을 가리지 않고 여자를 가져야만 직성이 풀리는 그런 녀석이 눈앞에서 여섯 명의 사람이 죽어버린 광경을 두 눈으로 보고서 제정신일 리가 없다.

하지만 진운은 이대로 끝낼 생각이 처음부터 없었다.

아무리 큰 공포라도 결국 시간이 지나면 잊히게 마련이니 말이다.

쫘악.

“아주 잠깐 아플 거야.”

마치 어린애 달래듯 다소곳이 박시운의 귀에 한마디 남긴 진운은 환하게 웃으면서,

퍼억!!

박시우의 안면에 주먹을 박아버렸다.

“쿨럭!!”

털썩.

보기 좋게 나가떨어진 박시운의 모습을 슬쩍 쳐다보던 진운은,

“호흡… 뭐, 괜찮네. 심장도 잘 뛰고. 음; 눈동자가 뒤집혔고, 두개골이 좀 함몰되었네. 뭐, 비슷하겠네.”

박시운이 살아 있다는 것을 확인한 진운은 몸을 돌려 바닥에 죽어 있는 여섯 명의 경호원을 한번 쳐다보더니,

“문제는 이 녀석들인데. 쩝, 욱하는 마음에… 저질러 버렸네.”

순간 전기충격봉을 보고 욱하기도 했고, 나름 긴장하는 바람에 본래의 의도와 달리 죽여 버린 것에 잠깐 후회를 하고는 곧 뇌리에서 지워 버렸다.

이미 저질러 버린 것을 이제 와서 후회한들 뭐하겠는가?

후회할 시간에 깔끔하게 뒤처리를 해야 했다.

“어쩐다.”

　과학 기술이 워낙 발달한 지구이다 보니 꼬투리를 남기면 안 되었다.

　물론 죽은 이 녀석들을 먼 바다 속에라도 던져 버렸으면 좋겠지만, 안타깝게도 진운은 레이나가 없으면 모르는 곳으로의 공간이동이 불가능했기에 포기해 버렸다.

　그러다가 문득 자신의 손에 끼고 있는 게티아가 눈에 들어왔다.

　"바다 속이나… 차원 너머 대륙으로 보내나… 어차피 찾을 가망성이 없는 건 마찬가지겠지?"

　먼 바다는 갈 수 없지만 차원의 틈이라면 게티아를 이용해 얼마든지 갈 수 있다. 거기다 진운만이 유일하게 열 수 있으니 오히려 더 안성맞춤이다.

　진운은 고민할 것도 없이 차원의 틈을 열었다. 그리고 허공에 벌어진 검은 구멍으로 시체를 모두 집어 던져 넣었다.

　찌지직.

　시체를 모두 차원 너머 대륙으로 버린 뒤 차원의 틈을 닫아 버리자 아주 감쪽같이 시체가 처리되었다.

　"이거 진짜 괜찮네."

　궁여지책으로 생각해 낸 방법이지만 막상 실행해 보니 가장 뒤가 깔끔한 방법이라는 생각이 든 진운은 스스로 만족했다.

"그럼… 이제 이 녀석을 굴리면 되겠네."

아직도 고통에 발버둥치는 박시운을 향해 간 진운은 박시운의 발목을 잡고는 그대로 끌고 언덕 위로 올라오더니,

휙!

그대로 집어던져 버렸다.

데굴데굴, 데굴데굴.

풀썩!

대략 2분여 정도 굴러갔을까?

한참을 굴러가던 박시운이 멈춘 곳은 진운이 이곳으로 올 때 지나쳤던 언덕의 입구였다.

"자알 굴러갔네. 뭐, 저기면 대충 한 시간 안에 누군가의 눈에 띄겠지?"

인적이 드문 편이긴 하지만 야산 바로 옆에 기숙사가 있기에 나름 사람의 왕래가 있는 편이다.

다만 조금 으슥한 곳이기에 자주 다니진 않지만 말이다.

"뭐 끝났네."

마지막으로 박시운이 살아 있는지 감각으로 확인까지 하고서야 진운은 집으로 공간이동해 돌아가 버렸다.

Chapter 07
숨겨진 다이어리

"왜 이러고 있어?"

진운은 박시운을 깔끔하게 처리하고 집으로 돌아왔는데 아이린이 조용히 소파에 앉아서 고개를 푹 숙이고 있는 것이다.

거기다 레이나도 은근히 진운의 눈치를 살피고 있다.

―진운 왔어?

"응. 그런데 분위기가 왜 이리 가라앉은 거야?"

딱히 반기면서 리액션이 큰 것은 아니지만 지금처럼 흡사 죄짓고 용서를 바라는 모습으로 앉아 있는 아이린의 모습이 진운의 눈에는 이상하게 보였다.

—저기… 이거…….

"……?"

진운은 레이나가 슬며시 내미는 것을 보고 처음에는 뭔지 몰랐다.

하지만 어디선가 많이 본, 낯익은 색의 나뭇조각이 레이나 손에 들려 있었다.

잠시 살피던 진운은,

"…이거 설마 내 책상 위에 있던 보석함이야?"

—응, 마, 맞아.

"이게… 왜 부서져 있는……?"

진운이 부서진 것에 놀라며 물어보자,

"죄송해요. 제가 실수로……."

진운의 놀라는 목소리에 아이린이 슬며시 일어서더니 진운 앞으로 다가와 제법 두꺼운 작은 다이어리를 내밀었다.

"상자는 부서졌지만 다행히 이건 멀쩡해요."

"…응? 이게 뭔데?"

진운은 아이린이 내미는 다이어리를 보고는 고개를 갸웃거렸다.

한 번도 본 적이 없는 다이어리를 진운의 것인 양 내미는 것을 보니 조금 이상했다.

얼핏 보기에도 다이어리는 제법 세월의 흔적이 남아 있는 겉표지와 함께 두께도 웬만한 사전만큼 두꺼워 보였으니 말이다.

"이게 뭐야?"

진운이 재차 물어보자 아이린은 진운을 보면서,

"이거 저 상자가 안에 들어 있었어요."

"이게… 저 상자 안에?"

진운은 그제야 이상하다는 것을 느끼고 아이린의 손에서 다이어리를 받아 펼쳤는데,

"……!!"

너무나 낯익은 글씨가 가장 먼저 진운의 눈을 사로잡았다.

"아, 아버지 글씨야!!"

평생 같이 살아온 아버지 글씨체를 진운이 알아보지 못할 리가 없었다.

첫 장에 쓰인 문장 한 줄만 읽어보고도 진운은 단번에 아버지가 쓰던 다이어리라는 것을 알 수 있었다.

팔락팔락!!

그리고 무언가에 홀린 듯 진운은 다이어리를 읽기 시작했다.

"저……."

아이린은 진운의 모습이 너무 이상해서 손을 뻗으려다 레

이나가 아이린의 손목을 잡으면서 고개를 흔들자 멈췄다.

하지만 어째서 진운이 아버지의 유품이라고 하는 상자가 부서진 것에 대해서는 뭐라고 하지 않는 것인지 이상했다.

그것뿐만이 아니었다.

아이린이 알고 있는 진운은 언제나 평정을 유지하는 사람이었다.

하지만 아버지의 다이어리를 보고 있는 지금은 아니었다. 첫 장을 열었을 때부터 감정이 격해지더니, 흥분했음을 아이린도 명확하게 알 수 있을 만큼 평정을 잃고 있었다.

그녀는 진운과 오래 지낸 것은 아니지만 이런 진운은 처음 보았던 것이다.

—쉿.

레이나는 설명하기보다 우선 진운이 차분히 다이어리를 읽도록 조용히 아이린을 이끌고 소파에 앉아서 기다렸다.

그리고 조용한 가운데 한 시간가량 흘렀을까?

"후……."

진운은 낮은 한숨과 함께 다이어리를 다 읽을 수 있었다.

그런데 다이어리를 덮는 진운의 눈이 한없이 가라앉아 있었다.

거기다 미약하게나마 살기마저 흘러나오는 게 아닌가?

—진운.

“······.”

레이나가 갑자기 진운의 변한 상태에 나직하게 부르자,

“아버지의 다이어리가 맞아.”

─그래? 다행이네.

레이나도 진심으로 기뻐해 주었지만 진운의 표정은 밝지 않았다.

아버지의 숨겨져 있던 다이어리를 찾은 것은 분명 기쁜 일이다. 하지만 그 안의 내용은 결코 기쁘지 않았다.

다이어리를 다 읽은 지금, 과연 아버지가 어떤 일을 했는지부터 의심이 들어 한숨이 조금 흘러나왔다.

“자, 읽어봐.”

진운은 설명하기보다 다이어리를 레이나에게 내밀었다.

─읽으라고? 이거 유품이잖아.

일반적인 다이어리도 다른 사람의 것이라면 읽는 것이 왠지 꺼림칙한데, 죽은 아버지의 유품을 읽으라고 내미는 진운의 모습에 선뜻 받아 들지 못하는 레이나였다.

“동료잖아.”

사실 다이어리를 읽어본 진운은 이걸 어떻게 생각해야 될지 판단이 서지 않았다.

그래서 누구보다 이성적인 레이나에게 읽어보라고 권하는 것이다.

어머니에게 선물로 사주었다고 들은 보석함 속에 숨겨져 있던 다이어리다.

만약에 아이린이 보석함을 부수지 않았다면 아마 진운은 영원히 이 다이어리의 존재를 몰랐을 것이다.

아버지가 남기신 유품 중의 하나이니만큼 진운이 그 속을 뜯어볼 이유가 없었다.

솔직히 보석함을 들어볼 때마다 조금 무겁다는 생각을 하긴 했다.

하지만 본래 보석함 종류에 따라 제법 무거운 것도 많았고 나무로 만들어진데다 튼튼하게 만들어서 무게가 조금 나가나 보다 하고 말았다.

하지만 이렇게 다이어리가 나타난 이상, 진운에게 충격과 함께 답답한 지금 상황의 돌파구가 될 수 있을 듯했다.

그런데 읽어본 내용은 너무나 이상했다.

진운은 아버지의 다이어리에 적힌 내용을 냉정하고 객관적으로 생각할 수 없어서 판단을 내리지 못하고 레이나에게 넘긴 것이다.

―그래도…….

죽은 아버지의 이야기를 읽어보라고 하는 진운이 무슨 생각으로 그러는지는 모르겠지만 준다고 덥석 받아 들기가 뭣해 머뭇거렸다.

진운은 포기하지 않고 설득했다.

결국 레이나는 진운의 아버지가 남긴 다이어리를 받아 들어 읽기 시작했다.

힐끔.

아이린도 슬쩍 진운의 눈치를 보면서 다이어리로 시선이 움직였다.

하지만 여전히 보석함을 부순 것에 대해 미안함을 느끼며 진운의 눈치를 살피느라 제대로 보진 못했다.

"너도 읽어도 돼."

"저도요?"

"응. 아버지의 기록이긴 하지만… 우선 나한테는 조금이라도 객관적이고 냉정한 판단을 내려줄 수 있는 사람이 필요하니까 말이야."

진운은 눈치를 살피면서 레이나의 옆에서 힐끔거리는 아이린에게도 읽어보라고 허락했다.

어차피 아이린은 때가 되면 대륙으로 돌아갈 사람이다. 정보를 조금 더 안다고 해도 달라질 것은 없었다.

거기다 나이에 어울리지 않게 명석하고 냉정한 상황 판단을 할 줄 아는 만큼 진운이 판단하는 데 도움을 줄 수 있으리라 여겼다.

아무래도 레이나는 엘프이기에 100% 인간의 감정을 이해하는 데 약간은 어려움이 있기도 했다.

그리고 그런 진운의 판단은 확실히 옳은 듯, 다이어리를 읽고 난 다음 레이나와 아이린의 생각이 조금은 달랐다.

"그러니까… 아이린 너의 생각은 아버지가 국가를 위해서 일하던 사람이라는 거야?"

아이린은 다이어리를 읽고 난 다음 진운의 아버지가 일반적인 평범한 무역회사를 운영하던 사장이 아니라, 국정원 요원처럼 국가를 위해 비밀리에 움직이던 사람이라는 느낌을 받았다는 것이다.

―난 조금 다른데. 뭐랄까, 다이어리만으로는 확실하게 판단을 내리기 힘들지만 비밀이 있는 것 같긴 해. 하지만 아이린의 말처럼 비밀요원이라는 언급이 다이어리 내용 어디에도 없어. 그래서 단정 짓기에는 왠지 자료가 부족해.

논리적인 엘프의 성격을 그대로 드러내는 레이나의 발언이었다.

다이어리에 쓰인 내용은 그녀의 말대로 직접적으로 단서를 주진 않았다. 때문에 그녀는 아이린처럼 비밀요원이라고 단정 짓지 않았다.

―내가 보기엔 진운이 모르는 비밀을 간직한 사람 같긴 해. 그게 국가와 관련되어 있을 가능성도 물론 있겠지.

반면 아이린은 다이어리 내용과 더불어 귀족으로서 살아

오면서 경험한 정치적 지식까지 동원해 내린 결정이었다.

"분명 직접적 언급은 없어요. 하지만 충분히 국가에 관련된 인물일 가능성이 높아요."

진운의 입장에서는 둘 다 도움되는 말이었다.

"음……."

진운은 아이린과 레이나의 말을 듣고 잠시 생각해 보았다.

아버지가 과연 어떤 사람이었는지 말이다.

물론 아무리 생각해도 자신에게는 때론 엄격하게 꾸짖지만 그 안에는 하해와 같은 사람이 남긴, 모범적인 아버지였다.

진운은 그런 아버지를 너무나 사랑했었다.

그렇기에 아버지의 죽음에 실의에 빠져서 벗어나고픈 마음에 사하라 사막으로 여행을 떠났던 것이다.

결과적으로 그 선택이 자신의 인생을 송두리째 바꿔놓는 결과를 낳긴 했지만 지금 생각해 보면 참 인생이란 재미있다는 생각이 들었다.

일단 딴 생각은 곧 진운의 머릿속에서 사라져 버렸다.

지금 당장 눈앞에 놓인 아버지의 다이어리가 말하는 게 뭔지 파악하는 것이 급했다.

"……."

기억을 더듬어 생각해 보면 확실히 조금 이상한 점이 있긴 했다.

무역업을 하는 아버지이기에 처음에는 외국으로 출장을 간 적이 많았고, 그 당시에는 어릴 때부터 봐왔던 것이라 당연하게 생각했다.

그런데 각성으로 완전히 뇌를 100% 사용할 수 있게 된 진운은 기억 깊은 곳에 잠들어 있는 자신의 어린 시절을 끄집어내서 생각해 보니 특이한 것이 하나 있었던 것이다.

'출장을 간 아버지와는 연락이 된 적이 한 번도 없었어.'

출장을 간 아버지는 그 기간 동안 전혀 연락을 할 수 없었다.

아주 어린 시절부터 늘 그래왔기에 큰 이후에도 그것을 매우 당연하게 받아들였다.

진운은 더 어린 시절의 기억도 끄집어냈다.

자신이 아버지에게 연락을 아주 안 한 것도 아니다.

연락을 하려고 몇 번이나 시도를 했던 기억이 분명히 남아 있다.

하지만 출장 간 아버지와 연락이 된 적이 단 한 번도 없었다. 그게 자꾸 이어지다 보니 세월이 지나면서 당연하게 생각되어 버린 것이다.

그 외에도 그동안 기억 저편에 묻어두었던 기억을 이번 기회에 모두 들춰내서 하나씩 살펴보며 생각해 보니 이상한 게 연락이 안 되는 것뿐만이 아니었다.

"알아볼 가치는 있겠어."

진운은 한참 동안 눈을 감고 기억 속을 돌아다니면서 아버지와의 추억을 세세하게 살펴본 결과, 아이린의 생각에 좀 더 무게를 둬야 할 것 같았다.

레이나도 아버지가 비밀이 많은 편이라고 했으니 말이다.

그리고 지금 이 순간부터 다이어리는 진운이 가지고 있는 그 어떤 것보다 중요한 물건이 되어버렸다.

"레이나에게 조금 미안하지만 난 아무래도 아이린의 생각에 손을 들어주고 싶어."

―그래? 음, 진운이 그렇다면 어쩔 수 없지.

레이나도 진운의 생각에 별다른 말을 하지 않고 쿨하게 넘겼다.

어차피 판단은 진운의 몫이었으니 말이다.

다만 아이린은 진운이 자신의 생각을 받아줬다는 것에 나름 흥분되어 있었다.

뭐랄까, 인정을 받았다는 느낌이 들어서인지 모르지만 진운이 레이나보다 자신의 생각에 손을 들어준 것이 마냥 기분이 좋은 것이다.

"그럼… 이제 해야 할 일이 생긴 거군."

그동안 진운은 바벨의 탑에서 필요한 정보를 얻었다.

하지만 바벨의 탑을 마음대로 들락거릴 수 있는 자격은 있었지만 그저 오가는 데 제약이 없어진 정도였다.

뭐 하나 알아보려고만 하면 검색 불가였으니 말이다.

그러나 예전보다는 검색 제한이 많이 풀린 편이었기에 잘만 이용한다면 아버지에 대해 조사를 하는 것도 크게 어려운 것은 아니었다.

'어쩌면 내가 그동안 잘못 생각하고 있던 걸지도 몰라.'

무역회사 사장이던 아버지가 죽음을 맞이했다. 진운은 지금껏 그렇게 생각해 왔다.

하지만 그 억울한 죽음에 어쩌면 진운이 모르는 측면이 있을지도 모른다.

사실 일반적인 사람이라면 죽은 아버지에 대해서 의구심을 가지는 경우는 극히 드물 것이다.

하지만 진운의 경우는 조금 특수했다.

마나의 적응을 넘어 각성까지 마친 현재 그는 자신의 기억 깊숙한 곳에 숨어 있는 어린 시절의 모든 기억을 원하는 한에서는 얼마든지 끄집어내서 다시 살펴볼 수 있는 능력이 있었다.

거기다 바벨의 탑에서 생사의 고비를 넘기면서 정신적으로도 많이 성숙하게 된 것이다.

특히나 대륙으로 차원이동하여 여행이 가능하게 되자, 조금씩 자신의 힘과 현재의 자신의 모습을 받아들이게 되었다.

그러면서, 뭐랄까, 냉정하게 말하면 성격이 차가워져 버렸다.

살인에 대한 거부감도 대륙에서 이미 벗어난 뒤였으니 말이다.

─그보다 이건 내가 보관할까?

레이나가 다이어리를 가리키며 말하자 진운은 잠시 생각하더니,

"내 전용 아공간에는 안 들어가겠지?"

오직 칼라드볼그와 레메게톤만 저장이 가능하다고 알고 있는 아공간이 진운에게 있기에 한 말에 레이나는,

─한번 시도해 봐. 어차피 아공간이라는 것은 말 그대로 별도의 공간을 만들어서 물건을 보관하는 창고와 같으니까.

"그래?"

전에 한번 레이나가 준 롱 소드를 자신의 아공간에 넣어보려고 시도해 본 적이 있다.

하지만 그 당시 아공간에 투명한 막이 있는 것처럼 막혀서 실패했기에 진운은 칼라드볼그와 레메게톤만 보관이 가능한 걸로 생각한 것이다.

"그럼 우선……."

한번 시도해 보기로 한 진운은 혹시나 하는 생각에 허공에

손을 뻗어 먼저 레메게톤과 칼라드볼그를 꺼내 탁자 위에 올려두었다.

"진운… 마검사였어요?"

아공간이라는 것 자체가 마법사들만이 가지고 있다고 알고 있는 아이린은 진운이 허공에서 칼과 책을 꺼내는 모습에 놀라서 물었다.

대륙의 역사상 마검사가 없었던 것은 아니지만 마법과 검을 동시에 사용하는 복잡하고도 힘든 과정 때문인지 역사에 이름을 남길 만큼 강하거나 특별히 대단한 사람은 없었던 것이다.

하지만 그래도 마법과 검을 동시에 사용한다는 특이점 때문이라도 실제로 전투에서는 마스터에게는 비교되진 않지만 그래도 웬만한 기사 서넛 정도는 마검사 혼자서 상대할 수 있을 만큼 탁월한 능력이 있었다.

"나?"

진운은 자신을 보면서 놀라 묻는 아이린에게 한번 씨익 웃어주고는,

"안타깝지만 난 마법을 사용할 줄 몰라."

—맞아. 나도 몇 번 가르쳐 보려고 했지만 성격상 맞지 않는지 아니면 진운이 의욕이 없는지 마법에 관해서는 거의 둔재 수준으로 재능이 없었으니까.

"그, 그래요?"

레이나가 진운을 향해 마법에서는 둔재라고 표현하자 아이린은 자신이 괜한 말을 꺼낸 것이 아닌가 싶어 미안해져서 말꼬리를 흐렸다.

"상관없어. 마법에 별로 취미가 없는 건 사실이니까."

레이나와 오래 지내서인지 모르지만 진운은 레이나처럼 아닌 것은 쿨하게 받아들였다.

"네……."

괜히 머쓱해진 아이린이 진운의 눈치를 살피긴 했지만 그것도 잠시뿐이었다.

그녀의 시선은 진운이 아공간에서 꺼낸 특이한 모양의 시커먼 칼라드볼그와, 책이지만 마치 엄청난 마법이 기록되어 있을 법한 외양을 뽐내는 레메게톤에 머물렀다.

"진운 건가요?"

"응? 아, 이거? 응."

그리고는 칼라드볼그를 집어 들어 아이린 앞에 보여주자,

"한번 만져 봐도 돼요?"

시커먼 외관의 칼라드볼그는 묘하게 사람의 시선을 빨아들이는 매력이 있었다.

신을 죽이는 검이라는 이름이 어울리는 매력인데, 덕분에 보는 사람으로 하여금 이상하게 만져 보고 싶다는 생각을 하

게 했다.

"뭐… 만질 수만 있다면 말이지."

진운은 어차피 자신 이외의 사람은 그 누구도 칼라드볼그와 레메게톤을 만질 수 없기에 아이린에게 넘겨주었다.

"앗!!"

진운의 손이 칼라드볼그를 떨어뜨리는 순간, 마치 환상처럼 아이린의 손을 통과해 그대로 바닥으로 떨어져 버렸다.

챙!

특이하게도 아이린의 손을 통과할 때는 환상처럼 보였지만 바닥에 떨어질 때는 분명히 쇳소리가 들렸다.

"이게… 어떻게……?"

지금까지 들어본 적도 없는 칼라드볼그의 특이한 성능에 이이린이 놀라서 물어보자 진운은 어깨를 으쓱거리고는,

"나도 몰라. 내가 솔로몬 왕에게 넘겨받는 순간부터 나 외에 그 누구도 칼라드볼그와 레메게톤을 만지는 것이 불가능했으니 말이야."

"왕? 왕이라니? 진운… 왕의 자손이었어요?"

칼라드볼그 같은 특이한 검은 본 적이 없었다. 주인 이외에는 만질 수도 없는 검이라니.

아이린이 진운이 이런 대단한 검을 가지고 있는 사람의 자손이라고 생각할 법도 했다.

진운은 소리내어 웃었다.

"크크큭, 아니야. 난 아무런 상관도 없어. 엄연히 난 한국 사람이고 솔로몬 왕은 유태인이니 말이야. 그리고 몇백 년이나 시간적인 차이도 있으니까. 그냥 그분의 유지를 이었다는 정도로 생각해."

바벨의 탑에 대해서만큼은 레이나와 진운만의 비밀이었기에 대충 설명을 얼버무렸다.

레이나도 조용히 입을 다물고 있었다.

거짓말을 하지 않는 엘프들은 차라리 입을 다물어 버리는 것이다.

진운은 대화의 방향을 돌리려는 의도로 다이어리를 아공간을 향해 넣으려고 했지만,

"역시나……."

투명한 막이 다이어리를 막아버렸다.

물론 혹시나 하는 생각에 했던 거라 큰 기대도 없었기에 실망하지는 않았다.

레이나의 아공간이 있으니 사실 잃어버릴 일은 없었다.

다이어리가 들어가지 않는다는 것을 알았기에 진운은 크기가 큰 칼라드볼그를 먼저 넣으려고 무심결에 다이어리를 레메게톤 위에 올려놓았다.

그리고 칼라드볼그를 집어 들고 아공간에 넣고 고개를 돌

렸는데,

"……?"

다이어리가 없어졌다.

"혹시… 여기 있던 다이어리 본 사람 있어?"

—다이어리? 그거 진운이 가지고 있었잖아.

레이나는 마침 고개를 돌리고 있었는지 보지 못한 듯했다.

"아이린도?"

"저도 못 봤어요."

그래서 아이린에게 물어보았지만 아이린도 고개를 흔들었다.

진운은 다시 주변을 살폈다.

하지만 역시나 탁자 위에는 다이어리만 없어지고 레메게톤은 그대로 있었다.

"설마……."

순간 진운의 머리에 생각 하나가 번뜩이며 스쳐 지나갔다.

진운이 레메게톤을 조용한 눈길로 내려다봤다.

그리고 천천히 손을 뻗어 레메게톤을 집어 들어 펼치자,

"……."

놀랍게도 레메게톤의 뒷부분부터 사라진 다이어리의 내용이 그대로 적혀 있는 것이 아닌가.

글씨체까지 완전 똑같은 것이 마치 복사해서 붙여 넣은 것

처럼 말이다.

"나 참, 이걸 어떻게 받아들여야 하는 거야."

마치 레메게톤 속으로 다이어리가 들어가 합쳐진 것 같았다.

결과적으로 레메게톤은 진운만 보고 읽을 수 있으니, 그 안에 들어간 다이어리를 누군가가 훔쳐가거나 볼 수도 없게 되었다.

세상 그 어느 곳보다 안전하게 보관된 것은 사실인 것이다.

하지만 그 이상으로 왠지 찜찜한 기분이 드는 것도 어쩔 수 없었다.

"나쁘진 않으니 다행이긴 하지만… 참."

이왕 벌어진 일이기에 진운은 애써 생각을 접고 레메게톤도 아공간에 집어넣었다.

―왜 그래?

레이나가 아직 레메게톤과 다이어리가 합쳐진 것을 모르고 물어오자 진운이 대충 설명해 주었다.

―책이 합쳐졌다고?

"그럴 수도 있나 봐."

―신기한 책이네…….

책이 합쳐진다는 것은 전혀 들어본 적이 없는 현상이다.

책이 책을 흡수한다는 것은 대륙에서도 상식을 벗어난 일인 것은 분명했다.

하지만 레메게톤이라면 가능할지도 모른다는 생각이 들자 왠지 납득하는 레이나였다.

진운이 아니라면 마치 허상을 만지듯 건드릴 수조차 없는 것이 레메게톤이었으니 말이다.

Chapter 08
한밤중 학교란

"그럼 이제 어떻게 할 생각이야?"

레이나의 물음에 진운은 당장에라도 다이어리에 쓰여 있는 곳을 하나씩 직접 탐사해서 흔적을 따라가고 싶은 생각이 굴뚝같았다.

하지만 그러기에는 소지훈과 김미영이 걸렸다.

소지훈은 진운이 아버지의 죽음에서 벗어나 마음을 잡고 공부하는 것에 좋아했다.

그런 그에게 다시 학교를 그만두고 아버지의 흔적을 따라 움직이겠다고 한다면 그가 어떻게 나올까.

아마 자신도 그럴 것이라고 나설 게 분명했다.

소지훈이 조사를 그만둔 것은 오직 진운의 안위 때문이었다.

그리고 행운인지 모르지만 소지훈은 진운이 실종되면서 조사를 그만두었기에 살아남았다고 생각하는 중이다.

하지만 이제 와서 다시 소지훈이 아버지의 죽음에 조사를 시작한다면?

국정원에서 가만있을 리가 없었다.

아니, 국정원이 문제가 아니었다.

"일루미나티……."

아버지의 다이어리 가장 끝 페이지에 쓰여 있는 글자는 일루미나티(Illuminati)뿐이었다.

진운도 처음 일루미나티를 봤을 때 선뜻 생각나는 깃이 없었지만 왠지 낯익은 어감에 잠시 생각해 보자 금방 떠올랐다.

프리메이슨이라고 하는 집단과 함께 세계적으로 유명한 집단이었으니 말이다.

보통 사람들은 그냥 떠들기 좋아하는 호사가들이 지어낸 이야기라고 할지 모르지만 죽은 아버지의 다이어리에, 그것도 가장 끝부분에 일루미나티 한 단어만 쓰여 있는 것은 누가 봐도 이상했다.

그래서 조금 조사를 해보자 도시전설이라고 치부하기에는

역사가 제법 깊은 집단이었다.

　일루미나티는 1776년, 독일 바바리아 잉골스타트 부근에
서 처음 결성된 단체다.
　본래 일루미나티를 창시한 아담 와이스하우푸트는 '인간
의 본질은 보다 이성적이라' 라는 계몽주의의 영향을 강하게
받은 사람이었다.
　그래서 처음 만들 때도 겉으로 보기에는 친목 모임의 성향
이었다고 한다.
　하지만 그 당시 세계의 중심은 종교가 움켜쥐고 있는 시대
였다.
　특히나 가톨릭의 세력이 가장 강한 시대였다.
　그런데 가톨릭에서 보기에 일루미나티의 사상은 신을 배
반하는 이단으로밖에 보이지 않았다.
　신께 기도하고 신의 가르침을 받기보다 인간의 본질 자체
를 이성적으로 생각해서 깨우치자는 쪽으로 계몽하고 있으니
그들이 보기에 신을 무시하는 사탄의 앞잡이로밖에 보이지
않은 것이다.
　그러다 보니 당연히 이단이라는 낙인이 찍힌 채 가톨릭의
탄압을 피해 지하로 숨어들 수밖에 없었다.
　그렇지만 그 당시 일루미나티의 구성원 대부분이 정치가,

사업가, 귀족, 왕족으로 이루어져 있다 보니 지하로 숨어들긴 했지만 반대로 영향력은 더욱 은밀해지면서 커져 버렸다.

결국 가톨릭이 일루미나티를 탄압했기 때문에 그들 간의 결속력이 더욱 강해지고, 지하로 숨어들면 들수록 더욱 은밀하게 움직이는 엄청난 존재를 만들어냈다고 할 수밖에 없는 경우이다.

세간에 가장 많이 알려진 이야기 중, 미국 지폐 뒷면에 그려진 삼각형의 눈이 있다.

생뚱맞게도 피라미드가 미국 지폐에 그려져 있는데, 그 피라미드 가장 윗부분은 삼각형 속에 눈이 들어간 형태의 그림인데 누가 봐도 이상한 것이다.

미국 지폐 뒷면의 피라미드가 좀 생소하기도 하지만, 피라미드보다 피라미드 가장 윗부분에 그려진 삼각형의 눈이 핵심이다.

그것은 바로 고대 이집트 시대에서부터 전해져 내려오는 '모든 것을 보는 진실의 눈' 이라고 하는 상징이었다.

그것이 어째서 미국 지폐 뒷면에 있는지는 아무도 알지 못했다.

보통 화폐를 만들 때 그 나라의 역사적인 인물이나 역사적인 장소, 또는 도시를 넣는 것이 일반적이다.

하지만 어째서인지 미국 1달러 지폐 뒷면에는 엉뚱하게도 고대 이집트 피라미드가 그려져 있다.

거기다 '모든 것을 보는 진실의 눈' 까지.

그리고 그것이 바로 일루미나티의 상징이었던 것이다.

그런데 그것보다 더욱 진운의 시선을 끄는 것이 있었다.

바로 일루미나티의 궁극적인 목적이었다.

일루미나티는 전 세계를 하나의 정부로 통일하는 것을 목표로 한다.

그렇게 하면 물질적인 가치를 끌어올리고 종교적인 가치를 끌어내려, 결국에는 신을 부정하는 것이다.

진운은 그 최종목표가 허무맹랑하다 생각했다.

하지만 솔직히 자신도 전 세계의 언어가 하나였다면 어땠을까 하는 상상을 해본 적이 있었기에 대다수의 도시전설에서 이야기하듯 일루미나티가 무조건 생각없이 세계 전복을 획책하는 절대 악이라는 생각은 들지 않았다.

그렇다고 선하다는 느낌도 없으니 대충 중간이라고나 할까?

진운이 느낀 것은 딱 그 정도였다.

본래 일루미나티가 친목을 위하여 만들어지긴 했지만 속을 보면 과거 권력을 지닌 자들이 자신들의 권력을 유지하기 위해서 만들어진 '바바리안 일루미나티' 가 그 시초라고 하니, 결론적으로 인간의 욕심에서 시작된 것은 다를 바가 없었다.

"참… 스케일이 너무 커져 버린 건 아닌지 모르겠네."

느닷없이 일루미나티라니…….

이건 전혀 생각지도 못했던 일이다.

더욱이 진운이 바벨의 탑으로 가서 검색해 본 결과, 뜻밖에도 일루미나티에 대한 그 어떤 것도 검색 불가였기에 더욱 진운의 마음은 어지러울 수밖에 없었다.

아버지의 복수는 당연히 진운이 해야 할 목표이다.

하지만 그와 동시에 가장 가까이 있는 소지훈도 이제 진운에게는 가족이나 다름없기에 피해를 끼치고 싶지 않다는 마음도 있어 고민이 되었다.

"아저씨 몰래 공간이동을 하면서 찾아볼까?"

공간이동이라는 편리한 능력을 가진 진운으로서는 충분히 가능한 방법이기에 말을 꺼냈지만 레이나는 의외로 고민하는 표정이다.

―진운.

"왜? 편하잖아."

확실히 공간이동이 진운만 사용할 수 있는 능력이긴 했다.

하지만 레이나는 그게 문제가 아니라는 듯 진운의 눈을 똑바로 보면서,

─진운, 지금 당장 다이어리에 남겨진 흔적을 찾으러 가고
싶은 마음은 충분히 이해해. 나라도 그랬을 테니 말이야. 하
지만 그전에 난 묻고 싶은 것이 있어.

"응? 나에게?"

너무나 진지한 레이나의 모습에 진운도 진지해졌다.

─진운은 어떻게 살고 싶어?

"나? 갑자기 무슨 말이야?"

─난 모든 것을 다 버리고 진운 본인의 생각을 알고 싶은
거야. 대륙에서 마음껏 힘을 사용하면서 자유롭게 마음 가는
대로 행동하던 진운의 모습과 이곳 지구에서 아버지의 복수
만을 가슴속에 품은 채 살아가는 진운의 모습, 솔직히 둘 다
진운이라고 난 생각해. 하지만 과연 그렇게 두 가지 모습을
계속 유지하는 게 가능할까?

"무슨 말을 하고 싶은 거야?"

갑자기 철학적인 이야기가 나오자 진운이 번잡하게 말을
늘어뜨리기보다 본론을 말하라는 듯 직설적으로 물었다.

─내 생각은 우선 진운이 이대로 대학 생활을 했으면 좋겠
어.

"레이나!"

레이나의 그 말은 진운에게는 매우 뜻밖이었다.

그녀는 세상에서 가장 진운을 잘 이해해 줄 존재였다. 그런

데 그녀가 소지훈과 같은 말을 하는 것이다.

벌떡!!

진운이 자리에서 일어나 레이나를 노려봤다.

사실 지금까지 레이나를 상대로 진심으로 화를 낸 적이 없었고 화를 낼 이유도 없었다.

하지만 이번만큼은 그런 문제를 벗어난 것이다.

―역시 화내는구나.

레이나도 차갑게 바라보는 진운의 눈동자를 보면서 진심으로 화났다는 것을 느꼈다.

하지만 그렇다고 했던 말을 철회하진 않았다.

―하지만 난 진운을 위해서 말하는 거야.

"듣기 싫어!"

진운은 레이나가 그럴 줄 몰랐다는 생각과 함께 왠지 배신감마저 들었기에 지금 이처럼 화가 난 것이다.

사실 레이나와 진운은 동료이기 전에 서로가 서로를 너무 잘 아는 사이이다.

아마 부부로 평생을 살아온 사람들보다 결코 못하지 않을 것이다.

웬만한 눈치는 눈빛만 봐도 알 수 있을 정도이니 말이다.

하지만 그렇게 가까웠기에, 오히려 레이나의 말을 진운은 더더욱 받아들일 수 없었다.

사실 진운은 레이나가 먼저 당장 움직이자고 말할 줄 알았던 것이다.

레이나라면, 그녀라면 진운의 기분과 심정을 결코 모르지 않을 테니 말이다.

그런데 그런 그녀가 소지훈과 똑같은 말을 하고 있다.

거기다 가만히 있던 아이린까지 끼어들더니 레이나와 같은 말을 한다.

"저도 레이나 언니의 생각에 동의해요."

"뭐?"

진운은 아이린까지 레이나의 곁으로 가버리자 결국 화를 이기지 못하고서는,

"젠장!!"

휙!

그대로 공간이동을 해서 레이나와 아이린 눈앞에서 사라져 버렸다.

―진운…….

레이나는 자신의 화를 어떻게 할 줄 몰라 사라져 버린 진운의 표정이 눈가에 선명하게 남아서인지 표정이 좋지 못했다.

"레이나 언니."

아이린이 옆에서 작게 위로를 하려고 했지만,

―괜찮아. 진운이라면 내가 왜… 그런 말을 했는지 알아줄

테니까.

"알아요, 언니 마음을. 하지만 저도 진운의 마음을 알 수 있어요. 만약 내가 같은 상황이었다면……."

아이린은 객관적으로 생각했을 때 레이나의 말이 맞기에 거들었을 뿐이다.

하지만 아이린은 생각해 봤다.

만약에 자신이 같은 상황이었다면 과연 레이나의 말에 화내지 않았을까?

천만에. 오히려 배신자라고 생각했을지도 모른다.

이미 그랜트 자작으로 인해 모든 것을 잃어버린 그녀는 진운의 마음도 이해하긴 했지만 순수하게 진운 혼자만 놓고 봤을 때는 레이나의 말이 옳다고 판단했던 것이다.

"진운을 찾아야 하는 거 아니에요?"

사실 마스터인 진운을 걱정하는 것 자체가 조금은 우스운 일일지 모른다.

그래도 걱정되는 건 어쩔 수 없었다.

하지만 레이나는 그런 걱정 말라는 표정으로,

─진운이 외우고 있는 좌표는 학교와 우리가 있는 이 집뿐이야. 그러니 진운은 결국 집으로 돌아오게 되어 있어.

"그래요?"

레이나는 진운이 무조건 돌아온다고 믿고 있었다.

그만큼 진운에 대해서 잘 알고 있는 것이다.

아이린은 그런 레이나의 모습이 조금은 부러웠다.

사실 지금도 아이린은 진운에 대해서 아는 게 거의 없었으니 말이다.

그가 고아였다는 것도 이번에 다이어리 때문에 알게 된 사실이다.

하지만 레이나는 모든 것을 알고 있고, 아버지의 비밀이 적힌 다이어리를 서슴없이 넘겨줄 만큼 서로 신뢰하고 있다는 것이 너무나도 부러운 것이다.

물론 아이린에게도 정말 목숨을 맡길 수 있는, 신뢰하는 본이 있지만, 진운과 레이나처럼 동등한 친구의 관계가 아닌 주종의 관계에 가까우니 마냥 부러울 뿐이었다.

*   *   *

"하아, 왜 레이나까지 지훈 아저씨와 같은 말을 하는 거야, 정말."

진운이 지금 있는 곳은 학교였다.

레이나의 말대로 그가 알고 있는 좌표는 학교와 집뿐이었다.

때문에 분노를 참지 못하고 공간이동하긴 했지만, 갈 수 있는 곳은 결국 이곳밖에 없었다.

이미 밤 12시가 넘어가는 시간에 한적하니 다니는 사람도 별로 없는 학교는, 낮과는 또 다른 분위기를 진운에게 보여주고 있었다.

"조용하네."

진운은 차가운 공기를 마시고 주변이 조용해지자 어느 정도 마음이 가라앉는 것 같았다.

마스터가 된 이후 가장 좋은 점이라면 바로 자신의 감정을 다스리는 것이 가능하다는 것이었다.

진운은 쓴웃음을 지었다.

정말 미친 듯이 화가 났지만 조금만 주변의 환경이 바뀌거나 화가 가라앉으면 본래의 냉정한 모습으로 거짓말처럼 돌아온다.

그렇기에 이럴 때마다 스스로가 생각해 봐도 자신이 변해도 너무 변했다는 것을 체감하는 중이었다.

"나도 이해는 하지만……."

레이나가 왜 그런 말을 했는지 냉정하게 생각하면 이해 못 할 것도 없었다.

이미 죽은 아버지의 복수를 하는 게 당연했다.

자식으로 태어나 억울한 부모의 원한을 갚는다는데 누가 뭐라고 하겠는가?

하지만 레이나는 순수하게 다른 것은 다 제쳐 두고 진운의 입장만 보고 그런 말을 한 것이다.

진운의 인생은 이제 시작이나 마찬가지인 것이다.

신분 세탁을 하긴 했지만 그래도 마음을 나눌 수 있는 소지훈이라는 가족이 있고 김미영도 있다.

이대로 대학을 졸업해서 원하는 삶을 살아갈 수도 있고, 대륙으로 넘어가서 영웅이 되는 것도 가능했다.

한마디로 진운이 원한다면 얼마든지 자유로운 삶을 살아갈 수 있는 것이다.

하지만 아버지의 복수에 시선이 고정되어 버리면 그 모든 게 무의미해져 버린다.

대륙의 여행도, 진운 스스로의 삶 자체도 말이다.

진운은 생각하면 할수록 레이나가 한 말이 틀린 게 없어 짜증이 났다.

"젠장!"

퍼걱!

그가 힘껏 땅에 주먹을 내지르자 당연히 땅속으로 빨려 들어가듯 박혀 버렸다.

투투툭.

화풀이로 찍어 넣은 주먹을 다시 들어 올린 진운은 대충 흙을 털어내고는 잠시 하늘을 보다가,

"후아……."

크게 숨을 들이마시면서 숨 쉬기를 몇 번 하더니 자리에서
일어섰다.

"그래, 천천히 하나씩 해결하자. 일루미나티든 국정원이든
뭐든……. 더 이상 주위 사람을 잃고 싶진 않으니까. 나도 성
급하게 굴지 말자."

죽은 아버지의 복수도 중요하지만 그와 동시에 소지훈도
소중한 가족이다.

그러다 보니 결과적으로 레이나의 말을 따르는 쪽으로 생
각이 바뀌긴 했지만, 천천히 움직이기로 했을 뿐이지 포기한
건 아니었다.

사실 레이나도 진운에게 복수를 그만두라고 말한 적은 없
다.

우선 대학을 다니면서 생각해 보자는 식으로 이야기를 했
던 것인데 순간 화가 난 진운이 자기가 좋을 대로 혼자 결론
을 내버렸을 뿐이다.

"하아, 여자한테 화나 내고. 나도 진짜 한심하네."

생전 아버지가 자주 한 말이 있었다. 여자를 상대로 멋대로
화를 내는 놈은 남자도 아니라고.

진운은 그 말을 어릴 때부터 귀에 딱지가 앉도록 듣고 자랐
다.

화가 어느 정도 가라앉아 집으로 돌아가려 하니, 그 덕분에

자신이 했던 짓이 떠오른 것이다.

"마스터가 되면 자신의 감정을 마음대로 컨트롤한다고 하던데… 난 어찌 된 게 이렇게 버럭 화가 나는 거지? 역시 급조한 마스터라 그런가?"

레이나는 마스터라면 자신의 감정 따위에 휘둘리는 일 없이 냉정함을 유지할 수 있다고 하였다.

하지만 진운은 아버지와 관련된 일이라면 마스터고 뭐고 허무할 만큼 쉽게 감정에 휘둘렸다.

최무선이 죽었을 때도 주체 못할 화를 풀 길이 없어 멀쩡한 벽을 주먹으로 부숴 버렸고, 이번에도 레이나에게 처음으로 진심으로 화를 냈다.

자신이 알고 있는 레이나라면 결코 나쁜 뜻으로 한 말이 아니었음에도 말이다.

"젠장, 수행이 필요한 건가. 단전호흡이라도 좀 배워야 하는 거 아닌지 몰라."

화가 풀리고 자신이 한 짓이 머릿속에 생생하게 떠오르자 진운은 결국 미안해서 한동안 더 학교에 있을 수밖에 없었다.

솔직히 밤 12시가 넘은 시간 학교에서 할 일이 뭐가 있겠는가?

그저 걷는 것뿐이었다.

그렇게 십여 분 정도 걸었을까?

“……?”

굳이 원하지 않아도 감각이 언제나 주변을 감시하고 있기에 길을 걷던 진운은 걸음을 멈추고 감각이 알려주는 방향으로 시선을 돌렸다.

당연히 어둠뿐인 곳이고, 특히나 지금 진운이 바라보는 곳은 사람이 낮에도 거의 다니지 않는 아주 외진 곳이기에 그 흔한 가로등 하나 없었다.

진운은 마나를 집중하여 컴컴한 곳을 주시했다.

그러자 마나가 눈의 안구에 집중되면서 아무것도 보이지 않던 어둠이 녹색으로 물들며 자신의 감각을 계속 건드리는 정경이 뚜렷이 보이기 시작했다.

저벅저벅.

마나를 집중한 시야는 마치 군용 야시경처럼 어둠을 밝혀주었다.

다만 야시경과 달리 시야의 폭에 제약이 없다는 것이 훌륭한 점이긴 했다.

그런 진운의 눈은 얼핏 보면 어둠 속의 고양이 눈을 보는 듯했다.

물론 본인은 전혀 그런 사실을 모르고 어둠 속에서 사물이 잘 보이는 것에 만족하고 있을 뿐이지만 말이다.

부스럭부스럭.

“…여자 다리?”

뒤편의 땅과 학교를 구분하기 위해 심어놓은 듯 낮은 조경 수목이 끝나는 지점에 힐을 신은 여자의 다리가 보였다.

그리고 곧 남자의 허름한 운동화로 보이는 것이 여자 다리 위로 모습을 보였다.

“……!!”

으슥한 곳, 바닥에 누워 있는 듯한 여자 다리의 위치, 그리고 그 위에 올라타 있는 듯한 남자의 다리 모양을 보는 순간 진운은 어째서 자신의 감각에 계속해서 간질거리는 듯한 느낌이 끊이질 않는지 깨달았다.

살기는 피부를 찌르는 듯한 느낌이기에 금방 알 수 있지만 처음으로 살기가 아닌 다른 느낌이 감각에 걸려들어 몰랐던 것이다.

“세상 말세군. 학교에서… 나 참.”

진운은 한심하다는 듯 말했지만 정작 그곳에 있는 여자는 지금 세상에서 가장 무서운 일을 당하고 있는 중이었다.

“사, 살려주세요! 제발…….”

“쉿! 닥쳐, 이년아!”

마스크를 쓴 남자가 여자를 향해 칼을 들이밀었다.

남자는 보통 사람이 잘 오지 않는 곳에 누군가가 나타나자 급한 대로 칼로 위협해 조용히 시키려고 했다.

여자는 공포에 질려 이를 악물었다.

정말 여자가 운이 좋은 건지 속옷이 모두 벗겨진 바로 직후에 진운이 모습을 드러내 아직 성폭행을 당하진 않았지만 이미 정신적으로는 당한 것이나 마찬가지였다.

“이씨, 저 새끼는 뭐야? 갑자기 이곳에 나타나서…….”

지금까지 여러 번 이곳에서 여자를 잡아다가 일을 벌였지만 단 한 번도 사람이 온 적이 없기에 나름 안심하고 있던 녀석은 갑자기 나타난 진운이 결코 반가울 리가 없었다.

오히려 제발 빨리 꺼져 주길 바라고 있었다.

그런데 이게 웬일인가?

꺼지기는커녕 갑자기 걸음을 멈추더니 자신이 있는 곳을 뻔히 쳐다보는 게 아닌가?

상대적으로 진운이 있는 곳보다 지금 남자가 있는 곳이 훨씬 어두웠기에 남자는 진운의 모습을 볼 수 있지만 진운은 남자를 볼 수 없는 게 당연했다.

오죽하면 이곳은 가로등 하나 없고 경비조차 오지 않는 곳이겠는가?

그만큼 일을 벌이기에는 최적의 장소였다.

“설마… 본 건 아니겠지.”

남자는 야간 투시경을 쓴 것도 아니고, 그저 맨눈으로 이 어둠 속의 자신을 본다는 것은 있을 수 없는 일이라고 생각했다.

하지만 이상하게 진운의 모습에서 눈을 뗄 수가 없었다.

"제발 꺼져라. 꺼져라."

"흑……!"

"닥쳐!"

여자의 입을 손으로 막고 목에 다시 칼을 들이민 남자는 재차 눈을 돌렸다.

그러나, 잠깐 여자를 살핀 그 틈에 자신을 쳐다보는 듯했던 불청객은 사라져 버리고 아무도 없는 것이다.

"갔구나."

더 이상 진운의 모습이 보이지 않자 회심의 미소를 지은 남자는 그제야 입가에 진한 미소를 지으면서 바지를 벗기 시작했다.

그때,

"그거 벗으면 넌 죽는다."

"헙!!"

남자가 신나게 일을 벌이기 위해 바지를 벗으려는 순간, 목소리가 들렸다.

그것도 바로 머리 위에서 말하는 것처럼 선명하게 말이다.

"……"

당황한 듯 잠시 행동을 멈춘 남자는 가만히 있다가 무언가 결심한 듯 고개를 휙 들었다.

그리고 고개를 드는 것과 동시에 여자의 목에 대고 있던 칼을 무작정 앞으로 찔렀다.

"헛!"

당연히 갑작스런 공격에 뭔가 소득이 있을 줄 알았던 남자는 아무것도 느껴지는 감촉이 없자 주변을 둘러보는데 아무도 없다.

"…괜히 놀랐잖아. 젠장."

아무래도 잘못 들은 모양이었다.

옆을 봐도 아무도 없기에 그제야 다시 안심을 한 남자가 한숨을 쉬고는 벗던 바지를 마저 벗기 위해 허벅지로 손을 가져갔다.

"벗으면 죽는다고 했다. 난 분명히."

"……!"

이번에는 뒤에서 방금 들은 목소리가 또 들렸다.

"어떤 새끼야!!"

헛소리가 아니라 정말 똑똑히 들렸다.

벌떡 일어선 남자가 뒤돌아보자 그곳에는 조금 전 저쪽에 서 있던 불청객, 진운이 있었다.

"이 새끼가!! 지금 어디서 지랄이야!"

거의 일을 치르기 직전에 걸렸기에 빼도 박도 못하게 됐다는 생각 때문인지 남자의 눈에서는 살기가 번뜩였다.

그가 손에 쥐고 있던 칼을 세웠다.

그 폼이 여간 익숙한 것이 아니었다.

하지만,

퍼걱!!

" 쿨~럭!! "

훌러덩!

털썩!

외마디 고함과 함께 그게 남자의 마지막 유언이 될 줄은 본인도 몰랐다.

강간범을 상대로 이야기할 생각 자체가 없는 진운은 녀석이 일어서는 바람에 여자가 안전해지자 그대로 품으로 파고들어 얼굴을 후려쳐 버렸다.

그런데 너무 힘을 준 탓일까?

웃기게도 녀석이 벗으려던 바지는 그 자리에 남아서 땅으로 떨어진 반면, 녀석은 몇 미터 뒤로 날려가 바닥을 뒹굴다 그대로 죽어버렸다.

"참… 요즘 여러 놈 잡네, 정말."

박시운 때문에 때려죽인 여섯, 그리고 강간범까지 하나.

그 정도로 감정이 흔들릴 일은 없었지만 그래도 조금 짜증이 나 푸념 섞인 한마디를 흘렸다.

진운은 천천히 걸어가 죽어버린 녀석을 집어 들어 차원의 틈 속에 쑤셔 박았다.

탁탁.

"에휴, 국내 최고의 학교면 뭐하냐."

S대라고 하면 국내 누구나 아는 최고 수재만 모이는 대학이다. 그런 곳에서도 이런 일이 벌어지고 있다니 한숨만 나왔다.

진운은 처리를 마치고 고개를 돌렸다. 그제야 정신을 차린 여자가 일어나 앉아 있었다.

하지만 눈동자에는 여전히 미약한 공포가 스며 있었다. 좀 전에 그런 일이 있었으니 진운도 무서운 모양이었다.

"지지로 복도 없지, 난."

움직이는 곳마다 사건사고가 끊이지 않는다는 생각에 결국 천천히 다가간 진운이 여자의 곁으로 가서 쪼그려 앉았다.

그가 진운의 눈을 똑바로 바라보았다.

"난 영문과에 다니고 있는 정진운이다. 넌?"

Chapter 09
구해줘도 문제

　제정신이 아닌 여자에게 위로를 한다거나 부드러운 말은 일절 없이 자기 이름부터 밝혀 버리는 무성의한 성격이 그대로 드러난 한마디였다.

“이시연… 이에요.”

“이시연? 음, 무슨 과?”

“중문… 과.”

부들부들, 부들부들.

지금 이시연의 눈에는 진운이 날려 버린 녀석이나 진운이나 같은 남자라는 이유만으로 두려울 뿐이다.

“혼자… 는 못 가겠군.”

진운은 혼자 갈 수 있겠냐는 말을 하려다가 여자의 모습을 보고는 도저히 이대로 혼자 가는 건 불가능해 보이기에 말을 바꿨다.

온몸이 경직된 듯 덜덜 떨고 있는 이시연은 당장 일어서는 것조차 가능할지 의심 갈 만큼 정신적으로 패닉이 와 있는 모습이었다.

“어디 살아?”

“…….”

이름과 학과는 대답을 잘하던 이시연이 갑자기 어디 사느냐는 말에는 입을 굳게 다물어 버리자 진운은 재차 몇 번을 되물었다.

하지만 돌아온 대답은,

“…….”

침묵뿐이다.

“아, 난감하네, 진짜.”

옷은 이미 걸레 수준으로 찢겨진 상태였다.

강간범이 자기 욕구만 채울 속셈으로 칼로 마구잡이로 찢어버렸기 때문이었다.

이시연은 지금 가슴과 아랫도리만 겨우 양손으로 가리고 있는 모습이다.

어깨에 걸치고 있는 것은 옷이라고 부르기도 민망한 상태이고 말이다.

거기다 눈물 콧물을 질질 짜면서 진운을 두려운 눈으로 바라보고 있으니, 이대로 두고 갈 수도 없게 되었다.

"별수 없구만. 집이 좁아 죽겠는데 사람만 자꾸 늘어나는구나."

결국 진운은 여자를 데리고 집으로 돌아갈 생각을 했다.

하지만 마음대로 그냥 끌고 갈 수는 없기에 최소한 여자에게 선택하라는 뜻으로 자신의 손을 내밀었다.

스윽!

움찔!

진운은 그저 손을 내밀었을 뿐이지만 여자는 그것마저도 위협으로 느끼는지 온몸을 크게 떨면서 엉덩이를 뒤로 뺐다.

"이시연 씨."

"…네."

"이번에는 대답하네. 나 참."

처음에는 진운이 경찰을 부를까도 생각해 봤지만 그러지 못했다.

강간범을 진운이 죽여 버렸으니 말이다.

거기다 죽인 시체는 차원의 틈에 버렸다.

그런데 이대로 경찰에 신고한다면?

누가 봐도 진운이 꼼짝없이 강간범으로 몰릴 판이다.

특히 피해자인 이시연이 제정신도 아닌 상태에서 만약 진운이 범인이라고 한마디라도 했다가는 호적에 빨간 줄 하나 긋는 것은 시간문제인 것이다.

그리고 그런 자신의 생각을 확실하게 뒷받침해 주듯 벌벌 떨고 있는 그녀의 지금 모습을 보면 결국 두고 갈 수도, 경찰에 신고할 수도 없다.

“…쩝. 죽이지 말걸.”

처음으로 진운은 강간범이지만 죽인 것을 후회했다.

“따라올래요?”

만약에 지금 자신의 손을 이시연이 뿌리치거나 거부한다면 진운은 미련없이 일어설 생각이었다.

도와주는 것도 여기까지인 것이다.

현재 진운은 사람들과 인연을 맺으면 맺을수록 약점만 늘어나는 상황이다.

주변에 사람이 늘어날수록 진운으로서는 외로움을 달래줄 대상이 늘어나는 것과 같다.

하지만 동시에 진운의 적에게는 좋은 인질일 수밖에 없다.

“……”

진운이 내민 손을 두려운 눈으로 쳐다보던 이시연은 진운과 눈이 마주쳤고, 잠시 동안 말없이 눈만 바라보다가,

스르륵.

손을 들어 진운의 손을 살며시 잡는 것이다.

씨익~

그리고 진운은 습관과 같은 미소를 지어 보이며 공간이동
을 했다.

                    *   *   *

―…….

"……."

멍한 눈빛으로 자신을 바라보는 아이린과 레이나의 모습
에 진운은 일어서면서,

"왜?"

평소와 같은 모습으로 물어보자,

―진운.

레이나는 백 마디 말보다 진운의 눈동자를 통해 진실을 확
인하려는 듯 진운을 불렀다.

진운도 기꺼이 눈을 마주쳤다.

그리고 잠깐의 시간이 흐른 뒤,

―별수 없지.

말 한마디 없이 눈빛만 서로 마주했을 뿐인데 레이나는 모

든 것을 이해한 듯하더니 일어나 이시연을 데리고 방으로 들어갔다.

"저기……."

하지만 그런 레이나와 달리 아이린은 도대체 어떻게 된 일인지 알 길이 없기에 슬며시 진운에게 물었다.

진운은 별일 아니라는 듯 어깨를 으쓱했다.

"길에서 주웠어."

라고 말하고는 샤워실로 들어가 버렸다.

"길에서… 여자를 주워요? 설마……."

진운은 진짜 그 뜻으로 말했지만 아이린은 자신이 아는 상식 내에서 생각하더니 돌연 벌떡 일어섰다.

그리고 진운이 들어간 샤워실로 다가가 힘껏 문을 열더니,

"진운이 정말 그럴 줄은 몰랐어요!!"

잔뜩 화가 난 목소리로 큰소리치고는,

쾅!!

다시 샤워실 문을 닫아버리는 것이다.

"뭐야?"

아닌 밤중에 홍두깨마냥 갑작스런 아이린의 화내는 모습에 진운은 상의를 벗으려던 모습 그대로 잠시 멈춰야만 했다.

한편 샤워실에 대고 힘껏 소리친 아이린은 그러고도 화가 풀리지 않는지 콧김을 뿜어내고 있는 중이다.

"정말… 진운이 그럴 줄을 몰랐어. 어떻게, 어떻게 그런 짓을……."

아이린은 진운의 말을 지구가 아닌 대륙 식으로 해석해 버렸다. 그래서 뜻하지 않게 오해를 하게 된 것이다.

대륙에서는 귀족이 간혹 길을 가다 마음에 드는 여자가 있으면 무작정 데리고 오는 경우가 있었다.

그리고 그런 경우 대부분 여자가 반항을 하게 마련이기에, 멀쩡한 차림으로 끌려오는 일이 없었던 것이다.

그렇게 여자를 납치한 귀족이 여자를 소개할 때 하는 말이 바로 '길에서 주웠다' 는 것이다.

납치한 여자를 하루에서 며칠 정도 가지고 놀다가 질리면 내쫓아 버리는 것이 바로 대륙식 '길에서 주웠다' 의 의미이다.

그 때문에 아이린이 이처럼 화를 내고 있는 것이다.

물론 그런 아이린의 화는 불과 30분 만에 미안함에 쩔쩔매는 모습으로 바뀌어 버렸지만 말이다.

"미, 미안해요, 진운. 제가 오해를 해서……."

어쩔 줄 모르는 아이린의 모습에 진운은 괜찮다고 하면서 아이린의 머리를 쓰다듬어 주는 걸로 잠깐의 해프닝은 끝이 났다.

하지만 정말 본편은 따로 있었으니…….

"그러니까 같은 학교 학생이라는 말이네요?"

"응. 뭐, 성폭행당하기 직전이길래 데리고 온 거야."

정말 진운이 말한 대로 길에서 주운 게 맞긴 했다.

길바닥에서 몹쓸 짓을 당하기 직전에 구해주고 데리고 왔으니 말이다.

―이제 진정이 되나요?

레이나가 이시연의 옆에 붙어서 나긋하게 속삭이자 겨우 안심이 되는지 진운을 향해 맹목적으로 두려워하던 눈빛은 거의 사라진 상태였다.

물론 아이린과 레이나가 옆에 있기에 가능하긴 했지만 말이다.

같은 여자가 두 명이나 있다는 것이 왠지 안심이 되는 듯 이시연의 표정은 많이 부드러워져 있었다.

특히나 이시연 본인은 모르고 있지만 엘프인 레이나의 속삭임에는 사람의 마음을 안정시키고 회복시키는 효능이 있었다.

본인도 모르는 사이에 성폭행을 당할 뻔했던 공포에서 믿을 수도 없을 만큼 빠르게 회복하고 있는 중이었다.

"고, 고마워요."

이시연이 진운을 보고 고개를 숙이며 뒤늦은 인사를 하자,

"인사 받자고 한 것은 아니니까."

오히려 인사하는 사람이 무안해할 만큼 퉁명스러운 진운의 대답이다.

―진운!

레이나가 진운의 그런 모습에 째려보면서 한마디 하자,

"험, 쩝."

슬쩍 레이나의 눈길을 피하는 진운이었지만 결코 방금 자신의 행동에 대해서 사과는 하지 않는 고집을 부렸다.

―괜찮아요. 저래도… 사람은 착하니까요.

"네……."

진운 때문에 다시 어색해진 분위기를 부드럽게 풀기 위해 레이나는 자신의 아공간에서 엘프들이 마음의 안정을 위해 먹는 차까지 꺼냈다.

차를 마시며 천천히 대화를 시작하자 이시연이 조금씩 자신의 이야기를 풀어냈다.

물론 진운은 옆에서 조용히 듣기만 했다.

진운이나 레이나나 아직 조금 전에 싸운 앙금이 약간은 남아 있는 듯한 눈치였고, 그걸 아이린도 알기에 일부러 진운에게 대화를 걸지 않고 있었다.

이를테면 왕따라고나 할까?

여자를 위험에서 구해주고도 이상하게 나쁜 놈으로 취급

되는 분위기에 진운도 짜증났는지 입을 다물어 버렸다.

아직 어린 아이린과 달리 레이나는 이런 경우를 겪은 경험
이 많은지 능숙하게 이시연을 다독이면서 자신이 원하는 대
로 대화를 이끌어 나갔다.

그 솜씨가 보통이 넘었고, 한 시간이 지난 뒤 이시연은 거
의 정상적으로 기운을 차렸다.

"정말 고마워요."

―괜찮아요.

마치 친한 언니를 대하듯 이시연과 레이나가 친해졌다.

정신과 전문의도 몇 달에서 몇 년은 치료를 해야 할 만큼
성폭행에 대한 정신 치료는 가장 까다롭고 어려운 부분이라
고 할 수 있다.

하지만 레이나는 엘프의 차와 나긋한 속삭임, 그리고 그동
안의 경험으로 불과 두 시간 만에 완벽하게 정상으로 돌려놓
은 것이다.

아마 이걸 정신과 의사들이 안다면 거품을 물고 기절할 것
이다.

―진운.

"응?"

―데려다 주고 와.

"뭐?"

이시연을 데려다 주고 오라는 말에 진운이 잠시 싫은 내색을 비쳤지만 곧 이시연의 얼굴을 보곤 자리에서 일어섰다.

"따라와요. 데려다 줄 테니."

진운이 말하면서 손을 내밀었다.

이시연은 진운이 내민 손을 가만히 바라보더니 천천히 잡으려 하다, 순간 잠시 잊었던 것이 다시금 생각났다.

극도의 불안 상태에 있던 자신에게 아무런 이유 없이 내밀었던 손이다.

무언가를 원하지도 않았고 바라지도 않고서 말이다.

"네……."

대답과 함께 이시연이 진운이 내민 손을 잡으면서 레이나의 치료도 완전히 끝나게 되었다.

결국 성폭행도 남자로 인해 받은 고통이니 그 상처를 치료하고 완치하는 것도 결국은 남자가 마무리를 지어야 했던 것이다.

지금 이시연에게 가장 적당한 남자는 바로 진운뿐이었다.

구해준 것은 누가 뭐래도 진운이었으니 말이다.

"저도 같이 갈게요."

아이린이 돌연 끼어드는 바람에 일행이 늘어나긴 했지만 이시연을 안전하게 바래다주는 것은 문제없었다.

그리고,

"여기가 집이었어요?"

"네."

진운은 자신이 사는 아파트 바로 아래층에 이시연이 산다는 것을 알게 되었다.

세상이 좁다는 말을 자주 듣긴 하지만, 설마 같은 아파트에 바로 아래층에 살고 있는 여자와 이런 인연을 맺게 될 줄은 정말 몰랐었다.

*　　*　　*

"오늘도 도서관 가게?"

—응.

"너도?"

진운이 레이나 옆의 아이린에게도 말하자 고개를 끄덕인다.

"그래, 잘해봐. 난 이만 수업이 있어서."

사실 이시연 덕분에 싸우고 난 뒤의 분위기가 어영부영 넘어가 버렸지만 나중에 진운이 조용히 천천히 하나씩 하겠다고 말하면서 우선 이번 싸움은 일단락이 되긴 했다.

죽은 아버지도 물론 억울하고 중요하지만 지금 살아 있는 소지훈의 안전 때문이라도 당장 급하게 서둘러서 나중에 후회할 일을 남기지 말자는 말에 진운도 순순히 동의했다.

그리고 다시 캠퍼스 라이프로 돌아온 진운이다.

물론 여전히 강의실에 진운이 들어서면 여자들의 수군거림이 하나도 빠짐없이 진운의 민감한 귀에 들려왔지만, 그렇다고 딱히 진운에게 접근하는 여자는 없었다.

뭐랄까. 어려워한다고나 할까?

본래 일반적인 복학생도 어려워하는 것이 같은 과 여학생들이다.

하물며 도서관의 얼음공주와 친하다고 알려진 진운에게 용기를 낼 여자가 있을 리가 없었다.

지금 진운의 눈앞에 처음 보는 여자 한 명이 나타나기 전까지는 말이다.

"정진운… 선배죠?"

군대 제대에 유학까지 2년 반을 했기에 진운의 나이는 이미 다른 조교들보다 많은 탓에 진운을 부르는 모든 학생의 호칭은 오로지 선배였다.

"응? 그런데 누구?"

진운은 수업이 끝나고 슬슬 점심이나 먹으러 갈 생각으로 강의실을 나서려 했다.

그런데 절묘한 타이밍에 나타난 여자 때문에 책상에서 제대로 일어서지도 못한 상태였다.

"저기 시연이 아시죠? 이시연이요?"

"이시연? 응, 아는데."

"잠시 이야기 좀 나눌 수 있을까요?"

"……."

며칠 전에 있었던 성폭행 미수 사건의 주인공인 이시연의 이름이 나오자 진운은 잠시 생각하더니 순순히 그녀를 따라 일어섰다.

그들은 그대로 건물 옥상으로 올라갔다.

"초면이 선배한테 실례했습니다."

어림잡아 그녀보다 진운의 나이가 서너 살은 많아 보였으니 나름 어려운 모양이다.

"괜찮아. 그런데… 이시연한테 직접 들은 건가?"

자신이 성폭행당할 뻔했다는 것을 떠벌리고 다닐 여자는 없으리라. 이시연이라는 여성에게서 받은 인상도 분명 그랬다.

그런데 전혀 모르는 여자가 그때의 일을 꺼내니 진운도 궁금하여 슬쩍 물어보았다.

"저기… 그게… 애가 갑자기 너무 이상해져서 걱정되어……."

"에휴."

역시나.

누구나 마음을 터놓고 이야기할 수 있는 친구 하나쯤은 있는 법이다.

이시연에게 바로 이 여자가 그런 존재였고, 진운은 이시연이 그녀에게 다 말한 것이구나 생각했다.

"괜찮을 거야. 후유증은 없을 만큼 안정적으로 치료가 되었으니까."

"……?"

"왜?"

"저기 치료라니……. 무슨 말이에요?"

"본인한테 들었다면서? 아니야?"

순간 그녀의 표정과 눈동자에서 뭔가 잘못됐다는 느낌을 받은 진운은 슬그머니 한 발 물러서면서,

"뭣 때문에 나를 찾아온 거지?"

목소리가 딱딱하게 변해 버렸다.

"그게… 시연이가 선배 사진을 가지고 다니는 것을 제가 봤거든요."

"…사진?"

전혀 뜻밖의 이야기를 들은 진운은 그제야 아차 하는 생각이 들었다.

이시연은 자신이 겪은 일을 말한 적이 없는 것이다. 오직

진운의 추측일 뿐이었다.

"네. 지금까지 시연이가 남자 사진을 가지고 다니는 것을 본 적이 없기에 제가 좀 캐물어본 건데……. 그것보다… 치료라니, 그게 무슨 말이에요?"

"칫."

진운은 고개를 돌리며 자신의 실수를 자책했지만 이미 늦어버렸다.

자신도 모르는 것을 진운이 말해 버렸으니 당연히 캐묻기 시작한 것이다.

"그보다 넌 누구지? 그리고 보니 이름도 난 모르는데."

슬쩍 대화를 돌려볼까 하는 생각에 이름을 물어보자,

"전 지연이에요. 홍지연이요."

"홍지연이라……. 예쁜 이름이네."

슬쩍 진운이 지연의 이름을 칭찬하자,

"정말요? 헤헤헤."

한순간에 얼굴이 살짝 붉어지면서 몸을 살짝 꼬아대는 지연이다.

역시나 지연도 여자였는지 학교에 숨어 있는 킹카라고 알려진 진운의 칭찬이 결코 싫지만은 않은 모양이다.

그리고 그 모습에 진운은 슬쩍 미소를 지었다.

자신의 의도대로 대화 흐름이 바뀌어 버렸으니 말이다.

"저기… 진운 선배, 한 번이라도 좋으니까 시연이랑 만나 주시면 안 돼요?"

"내가?"

"네."

"내가 왜 그래야 하지?"

진운은 사실 이시연과의 인연을 그걸로 끝낼 생각이었다.

엮여봐야 결코 자신에게도 그녀에게도 득이 될 게 없으니 말이다.

하지만 어찌 된 일인지 지연의 반응과 말을 들어보면 쉽게 끊기 힘들 것 같다는 느낌이 들기 시작했다.

'젠장, 그때 차라리 복면이라도 구해서 쓰고서라도 경찰서 에 던져 놓고 올걸.'

이런 식으로 일이 풀릴 줄 예상하지 못한 진운은 이시연과 의 인연이 생길 것 같은 분위기에 조금 후회가 되었다.

그러나 지금 지연이 와서 이렇게 부탁하는 것도 나름 이해 는 되었다.

그런 꼴을 당한 것도 모자라, 그것을 외간남자에게 보여주 고 말았다.

마음의 상처는 충분히 치료되었지만 그렇다고 그 사실이 사라지는 것은 아니다.

천 쪼가리 몇 개 걸치고 있는 모습을 다른 남자에게 보였으니 어떻게 다시 다가갈 수가 있겠는가?

모든 것을 떠나서 여자로서의 자존심이 허락하지 않았을 것이다.

그리고 그 상황에 진운은 친절하진 않았지만, 위협에서 구해주기도 했고 안정적으로 심신을 치료까지 하도록 도와준 고마운 사람이다.

당연히 호감이 생기지 않을 수 없는 상황인 것이다.

재수없는 놈은 뒤로 넘어져도 코가 깨진다는 말이 있듯이, 집안에서 싸우고 밖으로 잠시 바람 쐬러 나온 진운은 뜻하지 않게 또 다른 인연이 생겨 버렸다.

그것도 본인이 절대적으로 싫어하는 그런 인연 말이다.

그러거나 말거나 이미 이시연의 마음은 움직여 버렸고, 그걸 지켜보던 친구가 오죽 답답했으면 진운을 찾아왔겠는가?

"차라리 선배가 직접 시연이에게 가셔서 애인이 있다, 그러니 나를 잊으라고 말이라도 해주세요."

"……"

여자의 눈물을 싫어하는 진운에게 정말 난감한 말이었다.

하지만 지금 지연의 말대로 끝내지 않으면 오히려 더 심해질지도 모른다는 생각도 들었다.

진운은 고개를 끄덕였다.

"좋아. 난 시연이에게 아무런 감정이 없으니까."

“죄송해요. 이런 부탁 드리게 되어서.”

“별수 없지.”

진운도 애초에 그날 밤 학교를 간 자신이 실수였다고 생각하기로 했다.

그는 점심도 포기하고 홍지연을 따라나섰다.

홍지연이 진운을 안내한 곳은 뜻밖에도 체육관이었다.

체육관 옆에 있는 나름 잘 만들어진 도장이 있었다.

그곳의 문을 열고 지연이 진운과 함께 안으로 들어가자,

“머리!!”

팍!!

“허리!!”

딱!!

하는 소리가 가장 먼저 진운의 귀를 따갑게 만들었다.

그곳은 학교 내에 있는 검도 도장이었다.

Chapter
꼬인다 꼬여
10

　문을 열자마자 들어왔을 때 들린 목소리는 진운도 익히 아
는 것이었다.

　"잠시만요. 지금 대련 중이네요."

　지금 진운의 눈앞에서 호구를 쓰고 방호복까지 입고 죽도
를 빠르게 휘두르면서 자신의 키를 훨씬 넘어 보이는 남자를
무자비하게 두들겨 패고 있는 사람이 바로 이시연이었던 것
이다.

　"반전이군."

　진운은 나직하게 혼잣말을 했지만, 한편으로는 깔끔하게

품으로 파고들어 찰나의 순간을 놓치지 않고 손목과 머리를 치고 지나가는 이시연의 솜씨에 나름 감탄했다.

그저 취미로 하는 솜씨로 보이지 않을 만큼 너무나 깔끔했으니 말이다.

"저런 솜씨를 가지고 그날 그 꼴은 왜 당한 건지, 나 참."

검도를 오래 수련한 사람은 나무젓가락만 들어도 사람을 죽일 수 있다는 말을 들었던 진운은 그게 검도를 수련한 모든 사람에게 해당되는 것은 아님을 오늘 확실히 눈으로 확인하는 날이었다.

"그쳐!!"

대략 30초 정도 시간이 흘렀을까?

심판을 보던 남자의 큰 소리에 그제야 대련을 마친 시연이 끝으로 가 앉더니 쓰고 있던 호구를 벗었다.

땀에 촉촉하게 젖은 그녀의 얼굴이 드러났다.

"시연아!"

지연이 기다렸다는 듯 시연을 불렀다.

무심결에 고개를 돌린 시연은 지연과 함께 온 진운을 보고는 잠깐 멈칫거리다가 방호구를 모두 벗어놓고서야 진운에게 다가왔다.

"오랜만이에요, 진운 선배."

"응."

진운은 전혀 아무렇지 않은 듯한 표정이지만 반대로 시연은 안절부절못하고 있었다.

"어, 저기가 비어 있네."

진운과 시연이 서로 이야기 나누기에 지금 이곳은 보는 눈도 많았지만 무지 시끄러웠다.

그래서 지연은 일부러 도장 구석, 비상 응급약을 놓고 치료를 목적으로 만들어진 책상과 의자를 가리켰다.

두 사람의 시선이 그곳으로 향하자 억지로 둘을 밀어놓고는,

"그럼 난 이만~"

그 말만 남기고 사라져 버렸다.

"……."

"……."

사실 처음에 지연을 따라올 당시 진운은 만나자마자 '그날 일을 당했기에 호감이 생겼을 뿐이야. 조금 지나면 그냥 잊혀질 거야' 라고 말하고는 바로 헤어질 생각이었다.

하지만 검도를 하는 의외의 모습을 봐서인지, 아니면 막상 얼굴을 마주해서 그런지 쉽게 입이 떨어지지 않았다.

어색한 것은 이시연도 마찬가지였다.

설마 친구 지연이가 진운을 데리고 올 줄 몰랐던 것이다.

거기다 하필이면 방금 연속으로 세 번이나 대련을 하고 난

뒤인지라 몸에서 땀 냄새가 진동하고 있는데 떡하니 진운이 나타났으니 무슨 말을 하고 싶겠는가?

"건강하네."

진운이 그나마 인사치레로 한마디 하자,

"네, 선배도……."

"나야 뭐……. 그보다 검도 잘하더라."

순수하게 진운은 솜씨가 깔끔해서 칭찬했지만 그 말에 더욱 얼굴이 붉어지는 시연이었다.

"그게… 어릴 때부터 해온 거라서요."

"그래? 어쩐지 손목이랑 허리를 치면서 빠질 때, 손목을 부드럽게 꺾어서 빼는 모습이 자연스러워 보이더라니."

"……!"

진운은 그저 아무 생각 없이 자신이 본 그대로 이야기했지만 그 말을 들은 시연은 깜짝 놀랐다.

방금 진운이 했던 말 중에서 치고 빠지면서 손목을 부드럽게 꺾어서 빼는 것은 바로 자신의 아버지에게서 배운 기술이었다.

일반적인 도장에서 배울 수 있는 검도 기술이 아닌 것이다.

거기다 보호구를 착용하고 손에 커다란 장갑까지 끼고 있는 상태였기에 시연의 그런 손목 움직임을 알아본다는 것은 더더욱 말도 안 되는 일이었다.

하지만 어떻게 된 건지 진운은 한 번에 알아본 것이다.

거기다 자연스러워서 보기 좋았다고 하는 말에 왠지 진운이 검도를 알고 있는 것 같은 기분마저 드는 시연이다.

"선배, 검도를 하셨어요?"

"검도? 뭐, 비슷한 걸 했지."

마스터 검술을 배웠으니 틀린 말은 아니다. 검도와는 많이 다르지만 말이다.

"그냥… 잘 아시는 것 같아서요."

"뭐, 나도 나름 검을 배웠으니까."

"네."

그리고 또다시 이어지는 어색한 침묵에 진운은 이대로는 안 되겠다 싶어서 이시연을 바라보면서,

"친구인 지연이에게 들었어. 내 사진 가지고 있다면서?"

흠칫!

어깨가 크게 들썩일 만큼 놀라는 시연의 모습에 진운은 왠지 못할 짓을 하는 느낌이 들었다.

하지만 그래도 이미 말을 꺼냈으니 되돌릴 수는 없었다.

"아마 그냥 호감일 거야. 그런 일을 당하고 누군가 나타나서 도와주면 두근거리는 그런 거 있잖아. 안 그래?"

마치 자기 말을 강요하는 듯한 진운의 말에 시연은 고개를 푹 숙이더니,

뚝뚝.

결국 눈물을 흘리고야 말았다.

그리고 그런 시연의 모습을 보던 진운은 한숨을 쉬면서,

'내가 이래서 인연을 맺지 않으려고 했는데… 쩝.'

눈물을 흘리는 시연의 모습을 그저 지켜보기만 했다.

여기서 어설프게 손을 내밀거나 위로했다가는 일만 더 복잡해질 뿐이다.

자신은 그럴 마음이 없다는 것을 확실하게 표현할 필요가 있었기에 과감하게 울고 있는 시연을 그냥 놔둔 것이다.

그리고 주변을 둘러본 진운은 지연을 찾았다.

지금쯤이면 짠~ 하고 홍지연이 나타나서 울고 있는 시연을 위로하고, 그사이에 진운은 조용히 빠져나가기로 이미 약속되어 있었기에 말이다.

그런데 없어져 버렸다.

"어딜 간 거야. 나 참, 자기가 불러놓고."

마음이 없으면 차버려 달라고 굳이 찾아와 부탁까지 해놓고는 정작 중요한 순간에 홍지연이 없어져 버린 것이다.

몇 번을 찾아봤지만 역시나 홍지연을 찾을 길이 없자 진운은 결국 그대로 자리에서 일어섰다.

이시연에게는 미안하지만 이게 자신이 해줄 수 있는 최선의 방법이라는 생각이었기에 미련없이 일어서 고개를 돌렸

는데,

"어떤 새끼가 시연이를 울려!!"

하는 커다란 목소리가 도장 전체에 쩌렁쩌렁 울려 퍼졌다.

진운이 고개를 돌려보니 그가 있는 반대쪽 구석에서 키가 2미터는 되어 보이는 거구가 정확하게 진운을 똑바로 노려보고 있었다.

"아, 싸우기 싫다. 난 안 싸울 거다."

녀석의 눈빛과 방금 한 말을 들어보니 딱 봐도 지금 한바탕 하자고 설치는 모양새이다.

진운은 웬만하면 조용히 일을 처리하고 싶은 생각에 일부러 녀석에게서 고개를 돌려 버리고는 그대로 도장 입구를 향해 걸어가려고 했지만,

"못 나가게 막아!!"

녀석의 우렁찬 한마디에,

우르르르르!!

검도 도장에 있던 전원이 진운의 길을 막아버렸다.

그리고,

쿵쿵쿵! 쿵쿵쿵!

마룻바닥이 꺼질 것처럼 커다란 걸음으로 걸어온 녀석이 진운을 내려다보았다. 며칠 전 죽인 박시운의 경호원 이후로 두 번째로 만나는 자신보다 높은 눈높이였다.

"너 뭐하는 새끼길래 시연이를 울렸냐?"

비꼬는 듯 눈꼬리를 살짝 끌어올리면서 깔보는 듯한 말투의 녀석을 바라본 진운은,

"나?"

무표정한 얼굴로 되묻자,

"그럼 여기 너 말고 누가 있는데?"

"하긴, 그렇긴 하네."

녀석의 말에 너무나 간단하게 받아들이는 진운이다.

"어쭈? 제법 쿨한데?"

진운이 순순히 자신의 말을 인정하자 이제 본격적으로 온갖 욕설을 쏟아부어 주려고 준비하는 와중에 목소리가 들렸다.

"나 영문과 정진운이다."

"응? 정진운… 이면… 그 기생오라비?"

"……."

지운은 자신도 모르는 사이에 녀석에게 기생오라비가 되어 있었던 것이다.

그리고 슬쩍 주변을 보니 이곳 검도 도장에 있는 녀석들 모두가 같은 생각인 듯했다.

하지만 최소한 진운이 누군지 알고는 있는 것 같기에,

"그럼 난 이만 가도 되지?"

그리고 걸음을 옮기려고 하자,

덥석!!

녀석이 진운의 멱살을 틀어쥐었다.

"가기 어딜 가? 선배라고 내가 봐줄 줄 알았나 본데, 시연이를 울린 이 순간 넌 걸어서 이곳을 못 나가."

진운이 자신의 멱살을 틀어쥐고 있는 녀석의 모습을 보면서 입가에 작게 미소를 짓자,

"어쭈? 웃어? 겁대가리를 상실했구만!'

진운이 지금 자신과 검도 도장의 전원에게 둘러싸여 있으니, 겁이 나서 웃는 걸로 착각한 녀석은 고개를 돌려 뒤를 보았다.

"크크큭, 학교에서도 소문난 정진운이라는 녀석이 겨우 멱살 잡혔다고 실실 웃는다. 크크큭!!"

대놓고 진운을 조롱하기까지 했다.

"놔."

"응? 뭐라고?"

"이 손 놔."

진운이 재차 말했지만 녀석은 일부러 못 들은 듯 귀를 진운의 얼굴에 가까이 대면서,

"안 들리는데 말이야. 간덩이가 작은 사람의 말은. 크크큭."

“마지막 경고다. 놔라.”

진운은 최대한의 배려로 세 번까지 경고를 했지만 그걸 녀석이 알아들을 리가 없었다.

오히려 차분하게 가라앉은 진운의 목소리를 겁에 질려서 사정하는 걸로 착각까지 하고 있었다.

씨익.

마지막 경고까지 보기 좋게 무시당하자 진운은 자신의 멱살을 잡고 있는 녀석의 손을 향해 움직이려는데,

“그러지 말아요!!”

“……?”

“……?”

뒤늦게 울고 있던 이시연이 고개를 들고서 다급하게 소리쳤다.

“이 새끼, 저 정도로 울렸단 말이지!”

하지만 고개를 숙이고 울었던 탓인지 시연의 눈동자는 핏발이 서서 시뻘겋게 변해 있었다.

거기다 제법 퉁퉁 부어 있어 녀석의 전투력만 더 올려 버리는 꼴이 되어버렸다.

물론 개미가 강해봐야 개미일 뿐이지만 말이다.

덥석!!

“이러지 마요, 태현 선배! 진운 선배는 아무런 잘못이 없

어요!"

꼬이려고 하니 정말 요상하게 꼬인다고, 시연이 달려와 진운의 품에 달려들어 매달려 버린 것이다.

"나 참……."

최대한 빠르게 녀석들을 전원 때려눕히고 점심이나 먹으러 갈 생각이던 진운은 시연이 자신에게 매달리는 바람에 그 계획이 무산되었다. 절로 한숨만 나왔다.

"이 새끼, 여자 치맛자락에… 제기랄."

결국 시연이 진운의 품으로 달려드는 바람에 태현이라는 녀석이 잡고 있던 멱살은 풀었지만 오히려 주위의 쳐다보는 시선에 살기만 더 높아져 버렸다.

진운이 모르고 있을 뿐이지 이시연의 인기가 결코 적은 편이 아니었다.

어릴 때부터 검도로 단련된 몸매부터 시작해 특히나 그녀의 검도하는 모습을 보고 나면 여자들도 반할 만큼 깔끔하다는 소문이 돌고 있었던 것이다.

나름 교내에서 퀸카까지는 아니지만 이름만 대면 학생들이 '아, 이시연, 예쁘지' 라는 말이 자동으로 나올 만큼은 되었다.

특히나 검도부에 있는 녀석들은 너 나 할 것 없이 이시연을 가슴에 담아두고 있는 녀석들이 대부분이었다.

그리고 그중에서 가장 이시연에게 미쳐 있는 것은 바로 방금 진운의 멱살을 틀어쥐고 있던 박태현이었다.

현재 검도부 주장이자 체육 특기생으로 들어올 만큼 실력이 뛰어난 태현은 이시연이게 첫눈에 반해 버렸고, 그 후로 수차례 고백을 했지만 번번이 차이기만 했다.

그런데 느닷없이 진운이 나타나 그녀에게 몇 마디 하자 시연이 울어버린 것이다.

이미 수도 없이 고백했다가 차여본 경험이 있는 태현은 단번에 지금 시연이 진운에게 고백했다가 차였다고 생각하곤 눈이 뒤집혀 끓어오르는 분노를 주체 못하고 일을 벌인 것이다.

물론 시연이 중간에 끼어들어 태현의 뜻대로 되진 않았지만 말이다.

하지만 태현은 모를 것이다.

시연이가 끼어들지 않았다면 몇 달은 병원에서 개고생을 할 만큼 진운에게 얻어맞았을지도 모른다는 사실을 말이다.

하지만 그걸 알 리 없는 태현은 진운에게 죽도를 내밀더니,

"한번 겨뤄보자!!"

겁도 없이 마스터인 진운에게 죽도를 내밀면서 대련을 요청했다.

그런 태현의 모습에 진운은 오히려 웃으면서 죽도를 쥐더니,

“울면서 사정해도 난 모른다.”

나직하게 경고를 했지만,

“흥!! 너 따위 놈에게 당할 만큼 내가 실력이 없는 줄 아냐!!”

전국체전에서 1위를 했고 중학교부터 대회란 대회엔 모두 나가 다섯 손가락 안에 드는 성적을 올린 태현에게 지금 진운의 말은 오히려 하룻강아지가 범 앞에서 꼬리 세우는 것처럼 들릴 뿐이었다.

“호구는?”

그런데 막상 도장 중앙에 선 태현은 호구는커녕 죽도를 쥘 때 사용하는 장갑조차 끼지 않고 서 있는 진운의 모습에 한마디 하자,

“네가 날 건드릴 수 있다면 진 걸로 해주지.”

“이놈이 진짜……!!”

진운의 말에 결국 꼭지가 돌아버린 태현은,

“모두 들었지! 이후로 일어나는 일은 모두 저 정진운이라는 녀석이 자초한 거다!”

큰 소리로 모두에게 외치자,

“알겠습니다!!”

약속이나 한 듯 검도부 전원이 큰 소리로 대답했다.

“안 돼요!! 왜 이래요!!”

다만 이시연만이 큰 소리로 난리를 쳤지만 죽도가 없는 이
시연은 그저 연약한 여자일 뿐이었다.

붕~ 붕~

진운은 그러거나 말거나 죽도를 한 손에 들고 몇 번 휘둘러
보더니,

"의외로 무겁군."

대나무를 쪼개서 엮어 만들었다고 알고 있는 죽도가 생각
보다 무겁다는 것에 조금 놀라고 있는 중이었다.

사실 진검밖에 사용하지 않은 진운이 느끼기에도 지금 들
고 있는 죽도의 무게는 진검에 가까웠다.

그리고 태현이 뭔 짓을 하든 애초에 관심도 없었다.

"저 새끼가!!"

끝까지 자신을 무시하는 진운의 모습에 폭발해 버린 태현
은,

"시작!!"

하는 신호가 들리자마자,

쿵쿵쿵쿵!!

도장이 흔들린다는 착각이 들 만큼 거대한 몸을 빠르게 움
직여 진운의 바로 코앞까지 쇄도했다.

태현이 자주 쓰는 방법이자 주특기로, 커다란 덩치를 빠르
게 움직여 상대의 바로 눈앞에 들이밀어 허점을 파고드는 기

술이다.

사실 알고 보면 기술이라고 할 것도 못 되지만 확실히 2미터에 가까운 키에 근육을 두른 몸은 위협적이긴 했다.

"죽어버려!!"

아주 미쳐 버린 태현은 진운의 머리를 향해 죽도를 있는 힘껏 내려쳤다. 마치 이걸 맞고 죽어버리라는 듯 말이다.

하지만,

부웅!!

그런 태현의 바람은 한순간에 사라졌다.

그의 눈앞에서 진운도 사라져 버렸다.

"……!!"

말을 잃은 것은 그뿐만이 아니었다.

진운의 움직임을 제대로 잡아내지 못한 도장 내 수십 명의 사람도 조용해졌다.

도장 전체에 고요가 내려앉았다.

"나 여기 있다."

사라진 진운의 목소리가 뒤에서 들리자 태현은 뒤도 돌아보지 않고 그대로 팔만 휘둘러 정확하게 진운의 머리를 향했다.

하지만 역시나 이번에도 허공만 휘저을 뿐이다.

"정정당당히 싸워라!!"

결국 태현은 길길이 날뛰면서 소리치기 시작했다.

"웃기고 있네. 크크큭."

다시 나타난 진운의 조롱 섞인 말과 함께,

퍽!!

퍼억!!

빠악!!

찰나의 순간으로 느껴질 만큼 빠르게 태현의 몸을 스치듯 지나간 진운은 머리와 허리, 그리고 손목까지 정확하게 가격했다.

턱턱턱!

뒤늦게 진운에게 맞은 손목에 마비가 온 것인지 태현은 힘없이 죽도를 떨어뜨렸다.

그렇게 멍하니 서 있는 태현의 앞으로 다가선 진운은,

"죽이지는 않을게."

흠칫!

웃고 있는 진운의 눈동자와 마주친 태현은 온몸이 굳어버리는 느낌을 받았다.

그리고 뒤늦게 깨달았다.

진운은 자신이 어찌할 상대가 아니라는 것을 말이다.

"죽이지는 않지만… 몇 달은 병원에 있어라."

라고 말하면서 태현이 가슴에 차고 있는 방호구 위에 손바

닥을 슬쩍 올리더니,

"흡!"

퍼엉!!

별다른 행동도 없었는데 거구의 박태현이 엄청난 소리와 함께 허공으로 떠오르더니 무려 3미터는 훌쩍 넘는 거리까지 날아가 바닥에 처박혀 버렸다.

"귀찮아, 정말."

한순간에 검도부 전원의 턱을 빼버린 진운은 오히려 한숨과 함께 귀찮다는 듯 죽도를 훌쩍 던져 버리더니,

"또 누구 해볼 사람? 이번에는 귀찮게 죽도도 없이 말이야."

진운이 웃으면서 주먹을 들어 보이자,

후다다닥!!

마치 모세가 바다를 가른 기적처럼 진운이 서 있는 곳에서부터 검도 도장을 나가는 입구까지 길이 활짝~ 열려 버렸다.

저벅저벅.

진운은 천천히 그 길을 걸어가면서 검도 도장을 나가기 바로 직전 고개를 돌리더니,

"저 녀석, 병원으로 데려가라. 갈비뼈 세 대랑 골반 뼈에 금 갔을 테니."

그 말을 남기고는 홀연히 도장을 나가 버렸다.

진운이 도장을 나가자 그제야 부원들이 다급하게 전화하고 구급차를 부르고 난리를 쳤다.

그리고 놀랍게도 병원에서 검사를 해보니, 진운이 말했던 대로 갈비뼈 세 개가 깨끗하게 부러져 버렸고, 골반 뼈가 반쯤 금이 가서 거의 반년 가까이 검도는커녕 앉아 있는 것도 하지 못할 만큼 중상을 입었다.

하지만 그 당시 태현과 대련이라는 명목으로 만들어진 진운의 무력시위를 지켜본 검도부원 전원이 입을 다물어 버려 대련하다가 다친 것으로 결국 마무리되었다.

다만 의사들이 말하길,

"가슴에 이 손바닥 모양은 뭐지?"

그들도 처음 보는 상처.

태현이 응급실에 실려 왔을 때 가장 처음 진찰한 의사의 입을 타고 병원 전체로 퍼진 소문의 진상은 결국 확인하지 못했다.

사람 손바닥 모양으로 함몰된 가슴뼈는 경력 많은 의사도 처음 보는 부상이었다.

하지만 응급실의 바쁜 사정으로 인해 금방 잊혔다.

진운은 이것으로 모든 인연이 마무리 지어졌다고 생각했다. 더 이상 이시연 관련으로 자신이 귀찮을 일은 없다고 말이다.

하지만 진운은 몰랐다.

이것은 그저 그가 그토록 싫어하던 인연의 시작일 뿐이었
음을 말이다.

Chapter
11
중국으로

"싫어!!"

단호하게 말하는 진운의 말에 풀이 죽은 듯 고개를 숙인 이시연과 달리 홍지연은 오히려 더더욱 고개를 빳빳하게 치켜들고는 진운을 쳐다보고 있었다.

"그러니까 선배 때문에 다친 거잖아요."

적반하장도 유분수라는 말이 왜 생겼는지 지금 진운은 피부로 느끼는 중이다.

박태현을 가볍게 병원행으로 만들어 버린 지 대략 2주가 지났을까?

다시는 볼 일이 없을 것으로 생각했던 이시연과 홍지연이 다시 진운의 앞에 모습을 드러낸 것이다.

그것도 한참 레이나, 아이린과 함께 점심을 먹고 있는 도중에 찾아와서는 말도 안 되는 억지를 부리고 있는 중이다.

"내가 왜 그 녀석 대신 학교 대표로 가야 한다는 거지?"

진운이 어처구니없다는 표정으로 홍지연을 바라보자,

"선배 때문에 지금 대표로 나가기로 했던 태현 선배가 병원에 누워 있잖아요. 사실 검도부원들이 모두 입을 다물고 있으니 그렇지 그날 내가 잠깐 자리를 비운 사이에 난리쳤다고 이미 다 들었어요."

오히려 자기가 끌고 가서 사람 귀찮게 해놓고 이제 와서 다치게 했으니 진운 보고 학교 대표로 가야 한다고 억지를 부리고 있는 것이다.

그나마 이시연은 양심이 있는지 따라오긴 했지만 한마디 입도 뻥긋하지 못하고 진운의 눈치만 살피고 있다.

─뭔가 이해가 안 되네요.

옆에서 듣던 레이나가 슬쩍 끼어들자 홍지연은 경계하는 표정을 지어 보였다.

"왜, 뭐, 뭐가 이해가 안 된다는 거예요?"

레이나는 그저 한마디 했을 뿐이다.

하지만 똑바로 눈을 뜨고 진운을 몰아붙이던 기세등등한

홍지연은 사라지고, 당황하는 모습까지 보이는 듯했다.

―그날 진운을 데리고 검도 도장으로 간 것이 누구죠?

흠칫!

레이나와 눈동자를 마주한 홍지연은 가늘게 몸을 떨더니 말을 더듬으면서,

"저, 저예요."

―그리고 옆의 시연 씨에게 진운의 마음을 이야기하라고 강요한 것도 당신이군요.

레이나의 말에 갑자기 발끈한 홍지연이 레이나를 똑바로 쳐다보면서,

"강요한 적은 없어요. 그냥 속앓이하는 시연이가 안타까워서 해결해 달라고 했죠."

나름 변명이었지만 레이나에게는 어림도 없는 소리였다.

―결과적으로는 그게 그거지요. 그런데 그렇게 진운까지 데리고 가서 일을 벌려놓고 갑자기 사라진 건 누구죠?

"그, 그건……."

결정적으로 자신이 모든 일을 벌려놓고 사라졌던 것을 레이나가 정확하게 끄집어내자 여기서만큼은 변명조차도 할 수 없는지 쉽게 말을 꺼내지 못했다.

진운이 여자한테는 의외로 마음이 약하다는 것을 이미 눈치챈 지연이었기에 억지를 부린 것인데 때가 좋지 않았는지

도서관의 얼음공주로 소문난 레이나와 소공녀로 소문이 자자한 아이린이 함께 있었다는 것이 홍지연의 실수였다.

―이건 누가 봐도 진운의 잘못이라기보다 모든 상황을 만들어놓고 나 몰라라 사라졌던 홍지연 씨의 잘못이 더 큰 것 같은데요? 안 그런가요, 옆의 친구인 이시연 씨?

레이나는 교묘하게도 적절한 타이밍에 질문의 대답을 지연이 아닌 시연에게 화살을 돌렸다.

그러자 그냥 옆에서 있기만 했던 시연은 생각지도 못한 레이나의 공격을 받고 얼떨결에,

"네? 아, 네. 그건 그렇죠."

라고 대답해 버린 것이다.

"쳇."

결국 홍지연은 자신이 억지를 부리고 있다는 것을 스스로도 알고 있으면서도 진운을 찾아와 생떼를 부렸다는 것을 실토한 셈이 되었다.

―하지만… 진운에게도 잘못이 아주 없진 않는 것 같은데. 어때, 진운?

갑자기 레이나의 화살이 자신에게 돌아온 것에 진운이 왜 그러냐는 눈빛을 담아 쳐다보자,

―적당한 선에서 끝낼 수 있었으면서도 과하게 힘을 쓴 건 진운이니까 말이야.

"그야 대놓고 욕하고 무시하는데, 쩝, 어쩌라고."

천하의 마왕으로 보이던 레이나가 갑자기 천사로 보이기 시작한 홍지연은 고개를 다시 치켜들고서 진운을 향해,

"딱 한 번이면 돼요! 딱 한 번!"

"싫어!"

하지만 매몰차게 거절하는 진운이었다.

한 번이 두 번 되고, 두 번이 세 번 되는 것을 잘 알고 있는 진운은 조금 매정할지는 모르지만 매달린다고 승낙할 생각이 없었다.

"아, 정말… 너무해요, 선배. 우리 학교가 중국 애들한테 개무시당해도 상관없다는 거예요? 정말 그런 거예요?"

"중국?"

일관되게 거절하던 진운은 순간 홍지연이 중국이라고 하는 말에 반응을 보였다.

그리고 절박한 상황에 놓여 있는 홍지연이 진운의 반응을 놓칠 리가 없었다.

"네, 자매결연을 맺은 중국의 대학과 2년에 한 번씩 화합하자는 의미로 저희 검도부와 그쪽 검도부가 대련을 해요. 재작년에는 중국 애들이 왔었지만 이번에는 우리가 중국으로 가야 할 순서란 말이에요. 본래 태현 선배가 나서서 녀석들 콧대를 납작하게 눌러줄 계획이었는데 진운 선배 때문에 다 수

포로 돌아갔단 말이에요."

"……."

일관되게 거절하던 진운이 중국이라는 말에 반응을 보이자 홍지연은 일말의 기대를 가지고 진운을 바라봤다.

하지만 진운은 그런 홍지연의 시선보다 중국이라는 것을 곰곰이 생각하다가 레이나를 한번 쳐다보더니,

―마음대로 해. 이것까지는 나도 말릴 생각이 없으니까.

씨익~

진운은 중국이라는 말에 마음이 바뀐 것이다.

"어디지?"

무엇 때문이 진운의 마음이 바뀌었는지는 모르지만 홍지연은 진운이 반응했다는 것에 감격했는지 큰 소리로,

"칭화대학이에요."

"칭화대학교라면… 북경이군."

진운은 대학 이름을 듣자마자 단번에 어디 있는 대학인지 기억해 냈다.

국내에 S대, Y대, K대가 유명하다면 중국에도 당연히 유명한 대학이 있었다.

그중에서도 특히 북경대학과 칭화대학, 그리고 북경에서 떨어진 상하이에 있는 복단대가 가장 유명했다.

특히 북경대와 칭화대학은 전 세계 대학 순위 50위에 든다

고 할 만큼 중국 내에서도 최고로 알아주는 대학인 것이다.

그리고 그중에 칭화대학과 S대는 이미 20년 전부터 자매결연을 맺은 상태였고, 순수하게 화합을 위한 의미로 유학생을 서로 교환하거나 동아리끼리 1년이나 2년마다 서로 오가면서 실력을 겨루는 전통이 있다고 한다.

다만 안타까운 것은 과거에는 거의 실력이 비슷했는데 작년에 칭화대의 검도부 애들한테 전원 패했다는 말을 듣고는 진운도 기분이 그리 썩 좋진 않았다.

그것도 단 한 명에게 전원이 무너졌다는 말을 듣고 나니 진운의 표정도 확실히 일변했다.

"북경이라……."

물론 검도부가 진 것이 조금 안타깝긴 하지만 그게 전부였다.

애초에 진운의 마음을 바꾼 것은 검도 대련이 아니라 바로 중국이라는 것 때문이었다.

그는 북경에 가고 싶어 했다. 이것이 그 기회가 될 것 같았다.

홍지연이 이걸 알았다면 아마 난리쳤을지도 모르지만 결과적으로 진운도 어느 정도 책임이 있으니 못 이기는 척 슬쩍 받아주기로 했다.

"좋아, 대신 단 한 번이다."

"꺄약!! 고마워요, 선배!!"

와락!!

홍지연은 기쁜 나머지 진운의 품에 와락 안기려고 달려들 었는데,

"여기까지!"

그보다 빠르고 정확하게 진운의 손이 홍지연의 이마에 손 을 올려서 막아버렸다.

"쳇."

누가 봐도 의도적이라는 것을 알 수 있는 홍지연의 돌발행 동은 그렇게 끝나 버렸다.

이시연은 할 말이 남았는지 진운을 향해 잠시 작게 중얼거 리다가,

"진운 선배."

"응?"

"고마워요. 승낙해 줘서요."

"뭘. 내가 뭐 조금 더 때린 것도 있으니까."

이왕 승낙한 것, 쿨하게 넘어가기로 한 진운이 괜찮다는 듯 말하자 이시연은 슬쩍 진운을 한 번 더 보더니,

"그리고 미안해요. 저 때문에……."

사실 이시연의 입장에서는 정말 입이 열 개라도 할 말이 없 었다.

위험에서 구해준 것도 몸 둘 바를 모를 만큼 고마운데, 오히려 자신의 친구 때문에 일이 묘하게 꼬여 버렸으니 말이다.

"괜찮아. 어차피 나도 중국에 볼일이 있어서 가는 길에 그냥 도와주는 거니까."

스윽스윽.

진운은 별것 아니니 신경 쓰지 말라는 듯 말하면서 이시연의 머리를 몇 번 쓰다듬어 주더니,

"파고들 때 오른발이 아니라 왼발을 반 보 정도 더 내밀어 봐. 그럼 왜 생각보다 파고드는 거리가 짧았는지 이해하게 될 거야."

하면서 나직하게 속삭여 주는 진운이었다.

"진운 선배……."

작년부터 남몰래 혼자 고민하던 이시연의 문제를 알고 있다는 듯 한마디 남겨주는 모습에 놀란 눈으로 진운을 바라봤지만 진운은 이미 그녀에게서 등을 돌려 걸어가는 중이었다.

"선배, 정말… 당신이라는 사람은… 어떤 사람인가요?"

단번에 이시연의 집안에서만 내려오는 손목 기술을 알아채는 것도 모자라 1년 가까이 끙끙 앓던 문제에 해답까지 슬쩍 귀띔해 주는 모습에 진운을 바라보는 이시연의 눈에는 호감을 넘어선 감정이 맴돌았다.

결과적으로 진운이 스스로 인연을 만들어 버린 셈이다.

그런데 그것과 반대로 다음 날 진운은 뜻밖의 말을 들어야
했다.

"내일 출국한다고?"

"네."

홍지연이 찾아오더니 학교 측에 이미 다 말해놓았으니 여
권과 필요한 옷가지 등을 챙겨서 내일 오전 7시까지 공항으
로 모이라는 말을 남기고 사라져 버린 것이다.

─후후훗, 진운이 당했네, 이번에는.

레이나는 방금 홍지연의 눈동자에서 일부러 어제 출국 날
짜는 알려주지 않았다는 것을 알아채곤 한마디 하자,

"정말… 어째 인연이 생기면 생길수록 피곤해지는 건지.
그보다 레이나와 아이린도 중국 구경 갈래?"

진운은 이미 지나간 것은 다 잊어버린 듯 고개를 돌려 말하
자 레이나는 조용히 고개를 끄덕인 반면 아이린은 뭔가 기대
가 가득한 눈빛이다.

"준비하고 아파트에 있어. 내가 전화하고 공간이동으로 가
서 데리고 오면 되니까."

─응, 알았어.

"네."

정말 이럴 때만큼은 공간이동이 그 어떤 것보다 편리한 능
력이다.

다만 레이나가 없으면 거의 무용지물이나 다름없는 능력이긴 하지만 말이다.

"쩝, 공간이동 좌표 구하는 방법을 왜 난 배워도 안 되는 건지……."

사실 진운은 틈만 나면 공간이동 좌표를 구하는 방법을 알기 위해 레이나에게 똑같은 것을 계속 배우긴 했다.

하지만 일반적인 함수적 계산과 달리 공간이동 좌표는 5차원 공간 계산을 해야 하기에 진운에게 가장 큰 장벽이 되어버렸다.

일반적으로 1+1의 답은 누구나 아는 2이다.

하지만 5차원 공간 좌표로 계산하면 1+1은 4가 되어버린다.

즉, 공간을 구성하는 나머지 것까지 모두 계산에 넣어버리는 것이다.

이처럼 상식이 통하지 않는 완전 새로운 계산이다 보니 도저히 적응이 안 되고 무엇보다 수학이라는 것이 외우기만 하면 술술 풀리는 언어와 달리 이해가 동반되지 않으면 그 순간부터 막혀 버리는 학문이다.

그러다 보니 배우기는 똑같은 것을 배우지만 마법으로 이미 1차원부터 5차원 공간 계산을 이해하고 있는 레이나와 달리 다 건너뛰고 바로 5차원 공간 계산을 하겠다고 하는 진운이 발전할 리가 없었던 것이다.

레이나도 진운이 순서를 건너뛰는 것을 알고 있지만 진운이 원한 것이 공간 좌표 계산에 필요한 5차원 공간을 계산하는 방법이니 그것만 알려준 것이다.

이럴 때 보면 엘프도 참 융통성이 없는 성격이긴 했다.

상대가 원한다고 그것만 알려주는 것을 보면 말이다.

그리고 그걸 못한다고 단번에 마법에 재능이 없는 둔재로 낙인까지 찍어버리는 짓도 서슴지 않았다.

＊　　＊　　＊

"진운 선배!"

진운은 공항 입구에 들어오자마자 단번에 홍지연을 찾을 수 있었다.

양손을 들고 흔들면서 주변 사람들이 다 쳐다보는 요란한 행동을 하는데 그걸 모른다면 마스터라는 이름이 울 테니 말이다.

"어라? 선배, 짐이 그거뿐이에요?"

"응."

홍지연은 그렇게 기다리던 진운이 온 것에 마냥 기뻐했지만 막상 다가온 진운의 짐을 보고는 의아해했다. 너무나 적은 것이다.

"죽도랑 호구는요? 그리고 도복이랑 다른 것은요?"

홍지연의 말에 진운은 슬쩍 돌아보니 흡사 피난이라도 가
는 사람들처럼 커다란 가방을 두세 개씩 옆에 두고 있는 모습
이다.

그런데 그런 모습을 가만히 보던 진운은 피식 웃으면서,

"난 택배로 보냈어."

"네?"

"어차피 칭화대학으로 갈 거 아니야?"

"그야 그렇죠."

"그래서 호구랑 모조리 싸서 어제저녁에 바로 칭화대학 검
도부로 보내 버렸어."

"……."

"……."

진운의 황당한 말에 홍지연을 비롯해 이시연은 물론이고
검도부 전원이 입을 다물어 버렸다.

"그, 그러다가 무슨 사고라도 생기면 어쩌려고요? 거기에
서 자기에게 맞는 호구와 죽도를 구하는 건 거의 불가능한데
말이에요 "

당연히 택배가 편한 것은 모두 알고 있다.

하지만 지금 진운이 한 방법은 100% 택배가 안전하게 칭화

대학까지 배달을 무사히 했을 때 편하다는 조건이 성립된다.

특히나 중국 내의 택배 배달은 이미 아는 사람은 다 알 만큼 배달 사고가 많기로 유명했기 때문에 그 누구도 선뜻 택배로 보낼 용기가 없었는데 진운은 보란 듯이 보낸 것이다.

"선배, 강심장이네요."

사실 이미 소문으로 진운의 성격이 쿨하다는 것을 알고 있지만 설마 이 정도로 쿨할 줄은 몰랐던 홍지연은 자신도 모르게 진운에게 엄지손가락을 치켜세웠다.

다들 그런 모습에 고개를 조용히 끄덕인다.

하지만 그런 모습을 보던 진운은 오히려 고개를 갸우뚱거리면서,

"이곳에서 보내는 것은 한국에서 보내는 거잖아. 그럼 당연히 EMS 아니면 국제 배송을 전문으로 하는 파닥스가 대부분이잖아. 그런데 왜 중국 내부 택배를 걱정하는 거야? 3만 원만 주면 파닥스가 안전하게 직접 칭화대학까지 가져다주는데."

"헛!"

"맞다!"

"그랬지!"

진운의 말을 들은 검도부 전원이 손에 들고 있는 가방을 떨어뜨리면서 누구는 머리를 부여잡았고 가방을 깔고 앉아 한

숨 쉬는 녀석도 있었다.

나름 국내에서 내로라하는 수재들인 S대 재학생이라고는 생각이 들지 않을 만큼 단순한 것을 잊고 있었던 것이다.

중국 내부 택배가 열악하다는 것은 진운도 알고 있었다.

하지만 그건 중국의 수많은 중소 택배 업체일 뿐이다.

한국에서 보내는 것은 세계적으로 이름이 높은 택배 회사가 대부분이다.

그리고 그런 회사는 자체적으로 직원을 데리고 관리하기 때문에 들리는 소문과는 관계가 없었다.

어떻게 보면 아주 조그마한 상식의 전환이라고 할 수 있지만 지금 검도부원들이 잊고 있는 것이 있었는데, 바로 진운은 자신의 전용 죽도가 없으면 실력이 떨어지거나 하는 그런 수준이 아니라는 것이다.

명장은 도구를 가리진 않는다는 말이 있는데, 물론 명장이 자신의 전용 도구가 있다면 최고의 실력을 발휘할 수는 있을 것이다.

하지만 그렇다고 도구가 나쁘다고 명장이 아닐 수는 없었다.

도구가 나쁘면 나쁜 만큼 자신의 기술로 보충하면 되는 것이다.

그리고 마나의 적응과 각성을 끝낸 진운에게 죽도는 있으나 없으나 마찬가지였다.

이쑤시개만 있어도 웬만한 부대 하나는 상대할 수 있으니 말이다.

한마디로 진운은 지금 택배가 사고 나서 받지 못해도 상관없다는 가정하에 오로지 편하게 가고 싶은 마음으로 택배로 보냈다는 것을, 자신의 머리 나쁨을 한탄하는 검도부원들은 모르고 있었다.

"짐 먼저 등록하지 않아?"

"아차!!"

자괴감에 빠져 있던 검도부원들에게 진운이 한마디 하자 그제야 부랴부랴 짐을 챙기기 시작했다.

그들을 지켜본 진운은 첫인상과 달리 녀석들이 그리 나쁘게만 느껴지지는 않았다.

물론 시연이 울어서 꼬이긴 했지만 달리 생각하면 그만큼 단순하면서도 아직 이율타산적인 사고방식에 물들어 있지 않다는 것이기도 했으니 말이다.

단순한 만큼 순진하다고 했던가?

"음, 박태현이… 가장 순진한 건가, 그럼?"

단순한 만큼 순진하다는 진운의 생각이 맞다면 지금 진운에게 당해 병원에 입원해 있는 박태현이 아마 검도부에서 가장 순진한 녀석일지도 몰랐다.

약간의 해프닝이 있긴 했지만 진운과 검도부는 무사히 비행기에 올랐다.

"정진운이라……."

진운이 탄 비행기가 이륙해서 공항을 벗어났을 무렵 공항의 문이 열리면서 금발에 선글라스가 유독 잘 어울리는 남자가 방금 진운이 타고 날아간 비행기를 바라보고 있었다.

그리고 주머니에서 휴대전화기를 꺼내더니,

"나다. 정진운을 찾았다."

[그렇습니까? 어디 있습니까?]

"방금 중국으로 가는 비행기를 타고 이륙했다."

[중국이라니……. 알겠습니다. 그럼 중국 쪽 녀석들에게 제가 연락하겠습니다.]

"그러지. 그리고… 정진운과 같이 있던 여자에 대한 조사는 어떻게 되었나?"

아무래도 레이나를 말하는 듯했다.

[그게… 아무리 조회를 해도 나오지가 않습니다.]

"흠……."

금발의 남자는 전화기 너머의 목소리에서 전혀 알 수 없다는 대답에 잠시 생각하는 듯하더니,

"우리 쪽 정보를 모두 동원해도 없단 말이지?"

[네. 체형, 키, 얼굴과 모든 것을 대조했을 때 아직 저희 쪽

힘이 미치지 않은 동아프리카를 제외하면 그 누구도 닮은 사람이 없습니다.]

"의외군. 우리가 모르는 사람이 있다니."

[죄송합니다.]

"아니다. 어차피 중요한 건 정진운이니까. 하지만 설마 얼굴을 수술하고 다른 인물로 살고 있을 줄이야."

금발의 남자는 정확하게 진운의 존재를 알고 찾아온 것이다.

다만 마나의 각성으로 얼굴과 체형이 완전히 달라져 버린 것을 수술로 고친 것으로 오해하고 있을 뿐이다.

[그보다 소지훈 변호사는 어떻게 할까요?]

전화기 너머로 소지훈의 이름까지 나왔다.

진운이 그토록 조심하고 걱정하던 일이 일어나 버린 것이다.

"아니, 그 녀석은 아무것도 모르니 내버려 둬라. 어차피 나중에 안다고 해도 얼마든지 처리할 수 있는 녀석이니까."

[네.]

"그보다 그분께서 따로 지시를 내린 것은?"

[아직 없습니다. 하지만 원로원의 분위기를 보면 조만간에 그분으로부터 무언가 지시가 있을 것이라는 분위기입니다.]

"쳇, 그놈의 원로들."

금발의 남자는 전화기 너머에서 원로원이라는 말이 나오
자 인상을 찡그리면서 노골적으로 싫은 내색을 했다.

[어쩌겠습니까? 원로들이 그분과 저희의 중간에 있는 것
을. 우선 정진운을 찾았다고 보고하겠습니다.]

"그래."

딸각.

전화를 끊은 뒤에도 한동안 진운이 타고 간 비행기가 사라
진 방향을 쳐다보던 금발의 남자는 주머니에서 담배 하나를
꺼내 물더니 손가락을 들어 담배에 가까이 가져갔다.

화르륵!!

놀랍게도 남자의 손가락 끝에서 푸른색의 불꽃이 피어올
라 담뱃불을 붙였다.

"쳇, 진홍의 사신이라는 내 이름이 우는구만. 이따위 동양
의 작은 나라까지 와서 한다는 게 겨우 어린애 찾는 거라
니……."

진운을 찾아오라는 지시를 받은 금발의 남자는 불만이 가
득한 듯 몇 번 깊게 담배를 빨아들였다가,

퉤!

거의 새것이나 다름없는 담배를 뱉어버렸다.

그런데 금발남자의 입에서 튀어 나간 담배가 땅에 닿기 직
전,

화르륵!!

저절로 불씨가 붙더니 재 하나 남기지 않고 사라져 버렸다.

사실 불이 붙어 타다가 재가 남거나 숯이 남는 것은 바로 불완전한 연소 과정 때문이다.

나무가 타다가 숯이 되는 것도 나무의 성분이 불로 인해 성분이 변해 버린 것이다.

즉, 지금 남자가 담배를 허공에 사라진 것 같은 착각이 들 만큼 태워 버리는 것은 커다란 소각로에서 최대한 불을 피워야만 가능한 것인데, 그는 그저 입에서 담배를 뱉는 것만으로 그걸 시연해 보인 것이다.

"꼬마야, 그냥 거기서 죽으렴. 한국으로 돌아오면……."

화르륵!!

남자의 손바닥에 푸른 불꽃이 피어올랐다가 차츰 그 색이 천천히 변하더니 멀리서 보면 불꽃이라고 생각되지 않을 만큼 하얗게 빛나기 시작했다.

일반적으로 사람들이 아는 불의 색은 붉은색이다.

불꽃이라는 것이 색에 따라 온도가 다르다.

붉은색일 때 온도는 평균 850도 정도인데 반해, 천천히 색이 옅어지면서 백색을 띠면 그 온도는 최소 1,500도 정도가 된다.

그 말은 지금 금발의 남자의 손바닥 위에 피어오른 불꽃의 온도가 최소 1,500도라는 말이다.

담배가 재도 남기지 않고 사라져 버린 것이 어쩌면 당연한 결과라는 말이다.

하지만 그런 것이 허무할 만큼 남자가 주먹을 쥐자,

휘릭!!

백색의 불꽃이 사라져 버렸다.

"내 불꽃에… 흔적도 남기지 않고 사라질 테니 말이야. 크크큭."

저벅저벅.

그는 더 이상 볼일이 없다는 듯 몸을 돌려 공항을 벗어나 사람들 속으로 사라져 버렸다.

한편 진운은 누군가가 자신을 지켜보고 있다는 것을 까맣게 모른 채 중국행 비행기에서 조용히 눈을 감고 숙면 중이었다.

그도 그럴 것이, 말이 중국이라는 외국으로 간다고 하지만 실제 비행시간은 두세 시간 사이이다.

뭐랄까, 외국으로 간다는 기분도 들지 않을 만큼 사실 가깝다고 할 수 있는 곳이 바로 중국이었으니 말이다.

하지만 중국보다 더 가까운 외국이 있었으니, 바로 일본이다.

우스갯소리로, 서울에서 제주도 갈 때 비행기가 이륙하자마자 착륙하려고 하강한다는 말이 있는데, 일본은 거기서 조금만 더 가다가 하강하는 것이다.

제주도나 일본이나 결과적으로 거기서 거기라는 말이 그래서 나온 것이다.

"덥다."

"푹푹 찌는구만."

비행기에서 내린 사람 전원이 이구동성으로 하는 말이다.

비행기 문을 벗어나는 순간부터 마치 불구덩이 앞에 앉아 있는 느낌을 받았기에 겨우 공항을 벗어났을 뿐인데 벌써 다들 지쳐 버렸다.

사실 중국 북경의 여름은 지금 이들이 온 6월이 아니라 그보다 한 달 뒤인 7월이 가장 더운 편이었다.

하지만 아이러니하게도 중국에서 가장 더운 날을 기록한 것은 바로 6월이었다.

그리고 진운과 검도부가 중국을 찾은 이날, 중국 기상청에서 관측사상 최고 온도의 여름 날씨라고 공언한 날임을 그들은 한국으로 돌아가고 난 뒤에 알게 되었다.

"호텔로 가요, 우선."

가뜩이나 더운데 호구와 죽도를 비롯해 검도부의 특성상 짐이 너무나 많아서 오히려 날씨보다 짐 때문에 더더욱 힘들어했다.

거의 전투하는 듯한 기분으로 호텔에 도착해 안에 들어선 홍지연의 한 첫마디는,

"천국이구나!"

"그래!"

호텔 밖과 호텔 안의 온도 차가 무려 20도나 난다는 것을 감안하지 않아도 확실히 시원했다.

물론 진운에게는 해당 사항이 없지만 말이다.

마나의 적응으로 인해 인간이라면 가장 극복하기 어렵다는 외부 온도에 의한 체온 변화가 사실상 없었다.

마나란 본래 생명의 근원이기에 그 마나에 적응한 진운은 언제나 마나의 보호를 받고 있는 중이었다.

"난 먼저 짐을 찾으러 칭화대학에 다녀올게."

"네, 선배. 다녀오세요."

자신들은 공항에서 호텔로 오는 동안에 벌써 파김치가 되어버렸는데 진운은 땀 한 방울 흘리지 않는 모습에 다들 고개를 내저었다.

"진운 선배는… 사람이 아닐 거야."

"맞아. 어떻게 이 더위에 땀 한 방울 안 흘려."

"크크크큭, 설마 터미네이터는 아니겠지? 그 있잖아, 옛날 영화에 보면 두둥~ 두둥~ 하면서 나오는 거."

조금 살 만하니 슬슬 입이 풀리는 듯 수다를 떨기 시작하는 검도부원들을 뒤로하고 진운이 다시 호텔 밖으로 나와 휴대폰을 열어 전화를 걸었다.

잠깐 로밍 때문에 안내문이 나오긴 했지만 가볍게 무시하고 조금 더 기다리니,

─진운, 도착했어?

"응. 지금 데리러 갈 테니까 준비하고 있어."

─알았어.

택배는 애초에 보내지도 않았던 진운이다.

왜 쓸데없이 돈을 쓰면서 기다린단 말인가?

집에 레이나가 진운이 쓸 죽도와 호구를 모두 챙겨서 기다리고 있는데 말이다.

그 길로 진운은 슬쩍 사람들이 눈에 띄지 않는 쪽으로 걸어가더니 집으로 이동해서 레이나와 아이린, 그리고 그녀들이 챙겨놓은 짐을 모두 들고 순식간에 검도부가 머물고 있는 호텔로 돌아왔다.

"레이나로 예약되어 있을 겁니다."

진운은 곧바로 예약했던 이름을 대고 둘의 방을 배정해 주고 나서 천천히 이야기까지 나누고서야 여유있게 자신의 짐을 챙겨 들고는 바로 위층에 있는 검도부의 방으로 돌아왔다.

"일찍 왔네요."

홍지연은 진운이 오자 웃으면서 다가오더니 시원한 음료 하나를 건네주고는 다시 자신의 죽도랑 호구를 손질하러 돌아갔다.

"아, 구겨졌어."

"젠장, 스크래치 난 거 봐. 무슨 비행기가 고속버스보다 더 엉망이냐!"

불과 두세 시간 정도의 비행이었지만 벌써부터 볼멘소리가 울려 퍼지기 시작했다.

"진운 선배는 확인 안 해요?"

"왜?"

진운이야 집에서 그대로 들고 왔으니 확인할 필요가 없었지만 홍지연이 보기에 비행기로 왔는데도 벌써 호구가 비틀어지거나 죽도가 휘어버린 사람이 여럿 있는 것을 보면 택배는 오죽하겠냐는 듯한 눈빛이다.

"봐봐."

진운은 자신있게 자신의 것을 보여주자,

"와!! 장난 아니다. 방금 손질한 것처럼 반짝거리네?"

"그거뿐이냐. 스크래치 하나 없이 거울 보는 것 같다."

거의 감탄을 넘어 경의까지 표현하는 검도부원들이다.

"파닥스, 죽이는데?"

진운이 가져온 짐을 본 검도부원들은 모두 심각하게 이제

부턴 파닥스를 애용해야 할 것인가에 대해 고민하기 시작했
다.

자신들이 직접 챙겨서 고이 모셔온 것은 휘어지고 스크래
치에 구겨진 것이 있는 반면 파닥스를 이용한 진운은 마치 방
금 전까지 손질하다 온 것처럼 너무나 깨끗했으니 말이다.

뭐 검도부야 모르겠지만 실제로 진운의 전화가 오기 전까
지 심심하다는 이유로 레이나와 아이린이 진운이 준비한 호
구와 죽도를 손질하고 있었기 때문에 이들이 잘못 본 것은 아
니었다.

정말로 진운이 가지고 숙소로 들어오기 직전에 손질을 했
으니 말이다.

『바벨의 탑』 6권에 계속…

무정철협

武情鐵俠

월인 新무협 판타지 소설

FANTASTIC ORIENTAL HEROES

「두령」, 「사마쌍협」, 「장홍관일」의 작가 월인
2013년 벽두를 여는 신무협이 온다!

삭초제근(削草制根)!
일단 손을 쓰면 뿌리까지 뽑아버렸다.

무정(無情)!
검을 들면 더 이상 정을 논하지 않았다.

그래서 나는 무정철협이 되었다.

진정한 협(俠)을 아는가!
여기 철혈의 사내 이한성이 있다!

「무정철협」

Book Publishing CHUNGEORAM

까불지마!

FUSION FANTASTIC STORY

무람 장편 소설

『태클 걸지 마!』의 무람 작가가
풀어내는 신개념 현대판타지 소설!

24살의 대한민국 청년, 강태영
타고난 병으로 인해 온몸의 근육이 힘을 잃어가는 그가 부모마저 잃었다!

"제기랄! 이 빌어먹을 몸뚱이!"

좌절하여 모든 걸 포기하려던 바로 그날.

쫘르르릉! 번쩍!
강태영을 향해 떨어진 푸른 날벼락.
그리고 그가 눈을 떴을 때
그를 기다리고 있는 것은……

**날 비참하게 만들던 세상이여
더 이상 까불지 마라!**

Book Publishing CHUNGEORAM

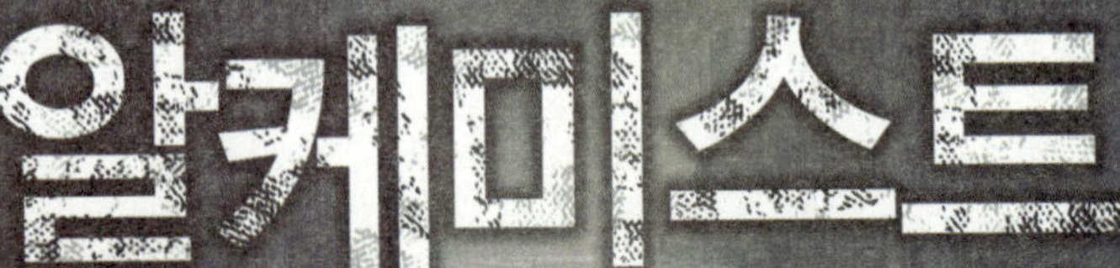

ALCHEMIST
알케미스트
FUSION FANTASTIC STORY 시이람 장편 소설